Hiroko Reijô

令丈ヒロ子 著

浮雲宇一 絵

The Book of Can-Do
なんとかなる本

樹本図書館のコトバ使い 2

講談社

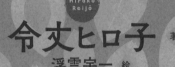

なんとかなる本

The Book of Can-Do

樹本図書館のコトバ使い ❷

もくじ

——あなたは今、なんとかしたいことがありますか？

楽してかわいくなりたいさんと顔《かお》書《にかく》のコトバ

（どうしよう……。）

ヒヨリは、手鏡《てかがみ》に映《うつ》った自分の顔を見て、かたまっていた。今日という日にかぎってこんなことが起こるなんて、あんまりだ。

今からカレンとユアがうちに来る。いっしょにSNS用の写真や動画を撮《と》ろうっていう、約束《やくそく》なのだ。

こんな大事なときに、おでこにニキビができるのは、あんまりにもひどい。

（髪《かみ》でかくせないよ！　こんな大きいのがぼこっと……、最悪《さいあく》！）

いや、ひどいのは、ニキビだけじゃない。ゆうべ、ほとんど寝《ね》られなかったせいか、もともとはれぼったいまぶたが、ますます分厚《ぶあつ》く見える。おまけに、あらった髪をドライヤーでかわかすひまもなかったから、髪はバサバサのパリパリ、焼《や》きのりみたいにこわばってしまい、どうやってもまとまらない。

（これじゃ、撮影《さつえい》どころじゃないよ。カレンにもユアにもがっかりされちゃう。病気になったってことにして、撮影の日をのばしてもらおうかな……。）

じっさい寝不足《ねぶそく》で頭が重いし、顔も青ざめている。これはもう、病気だって言っても、ウソにはならないんじゃない？　カレンもユアも残念《ざんねん》がるだろうけど、それでもこのみっともないすがたで、二人に引かれるよりずっとマシだ。

（今なら、間に合う。二人にメッセージを送ろう！）

ヒヨリが、キッズ用ケータイを手元に引きよせたとき、玄関《げんかん》チャイムが鳴った。

ろうかから、ママが、インターフォンに「はあい。」と返事するのが聞こえた。

「こんにちはー。」

「おばさん、ちょっと早く着いちゃって、ごめんなさい！」

インターフォンのスピーカーから聞こえてきたのは、カレンとユアの声だった。

「カレンちゃん、ユアちゃん、いらっしゃい！　だいじょうぶ、うちは準備万端《じゅんびばんたん》よ。」

ママの調子のいい返事、カレンとユアの明るい笑い声《わらごえ》。

（ダメだ。もう、おしまいだ。）

ヒヨリは絶望《ぜつぼう》のあまり、部屋の真ん中ですわりこんでしまった。

こうなったら鏡など、見る気にもなれない。ヒヨリは、手鏡を床《ゆか》にほうりなげた。

すると、「パン！」と音がして、手鏡がなにかにあたってはね返った。

（あれ？　本？）

裏返《うらがえ》って落ちた手鏡の横には、濃《こ》いピンクの本があった。教科書ぐらいの厚さだけど、それよりもサイズが大きい。それにキラキラしたジュエリーがタイトルの文字になっている。

（これ、スタイルブック？　マリエおねえちゃんにこんなのかりたっけ？）

手に取ったその本のタイトルを見て、ヒヨリは首をかしげた。

（『**なんとかなる本**』？　なにこれ。……って、今、本どころじゃないよ！）

ぽいっとベッドの上にほうりなげた。するとページがめくれて、一ページ目の真ん中の、その文章が見えた。

——**あなたは今、なんとかしたいことがありますか？**

（あるなんてもんじゃないよ！）

ヒヨリは、カッと熱《あっ》くなって言った。

「なんとかなるなら、今すぐなんとかしてよ！」

そうさけんだとたん、本がベッドの上ですっくと立ち上がり、ヒヨリの前でぐんと両手を開くようにページを広げた。

ページ全体が、ジュエリーでおおいつくされたみたいにチカチカとまたたいたかと思うと、目の前が真っ白になって、なにも見えなくなった。


はっと気がついたら、うす暗い場所に立っていた。

（えっ？　ここ、どこ？）

その部屋は、がらんとみょうに広くて、しかも本棚《ほんだな》にかこまれていた。

（本ばっかりの部屋？　自分の部屋にいたのに、どうして……ん？）

ヒヨリは、ふと横を見て、ぎょっとした。木が生えている！

部屋の中なのに、床に根をはった大きな木が、わさっと枝《えだ》を広げて立っている。おまけに、よく見たら……その枝には本が実っていた。

ヒヨリは木から、後ずさった。この部屋はなにもかもがヘンで、気味が悪い。

（やだ、出口どこ？）

あたりを見回しても、どのかべも本棚にふさがれていて、出口も窓《まど》も見えない。すべての本棚が、てっぺんが見えないほど高く上に続《つづ》いている。泣《な》きそうになったとき、ぽわっと一か所、そこだけ明るく見える場所があるのに気がついた。

横長のテーブルカウンターの向こうに立っている女の人が、ライトにてらされているようによく見えた。めがねをかけていて、地味なパンツスーツすがたの、こがらな人だ。

（よかった！　だれかいた！）

「すみません！　ここ、どこなんですか？　どうやったら、もどれますか？」

ヒヨリはその人のところにかけよって、たずねた。するとその人は……近くで見ると、ヒヨリと同い年ぐらいの女の子だった……ヒヨリの顔を見て、こう言った。

「もう、もどりたいんですか？　なんとかしたいことを、なにもしないままに？」

ヒヨリがとまどっていると、その子は、こう続けた。

「あなたは、なんとかしたいことがあるから、『なんとかなる本』を見て、『なんとかなるなら、今すぐなんとかしてよ！』って、言ったんですよね？　ちがいますか？」

そう言われて、さっき自分の部屋で見た、おかしな本のことを思い出した。たしかに『なんとかなる本』というタイトルだった。

「言った、けど、うん。」

「ですよね。そうでないと、ここには来ないですから。では、ご相談を承《うけたまわ》ります。さっそくあなたの『なんとかしたいこと』を教えてください。さ、どうぞ。」

その子は、カウンターの前のいすを、ヒヨリにすすめた。

「え、それって、話したら、なんとかしてもらえるの？」

「たいていのことは、コトバの力をかりればなんとかできますから。ああ、わたしこういう者です。」

その子は、名刺《めいし》を取り出してヒヨリに見せた。


――一級コトバ使《つか》い・樹《き》本《ほん》図書館司書《ししょ》　葉飛《ヨウヒ》

コトバの力をかりるとか、一級コトバ使いとか、さっぱり意味がわからない。見たところ年も同じぐらいなのに、やけに自信《じしん》たっぷりで、上から目線な感じだ。ヒヨリはだんだん、ヨウヒに腹《はら》が立ってきた。

「じゃ、これをなんとかしてもらえる？」

ヒヨリはぐいっと顔をよせ、おでこに盛《も》り上《あ》がった大きなニキビを指さした。

「コトバなんかで、これが今すぐなんとかなるの？　髪もだよ。時間もないし！」

ヨウヒはめがねの奥《おく》で、すっと目を細めた。

「ええ、だいじょうぶですよ。時間のことも心配ありません。ここでの時間は、あなたの世界での時間とは流れ方がちがうので。」

落ち着きはらったヨウヒのその態度《たいど》に、ヒヨリはたじたじとなった。

「あなたがなににどうこまっているのか、お話をじっくり、聞かせてください。さあ、どうぞ。」

ヨウヒは立ったままのヒヨリに、もう一度、いすをすすめた。

「……わかった。じゃあ、話すよ。」

わたしって、あんまりかわいくないでしょ。え、どこがって？　見てわからない？　目がぱっちりしてなくて、鼻も丸いし。ほっぺたがぷっくりしてるのに、首や肩《かた》が細めだから、顔がすごく大きく見える。もうシルエット最悪。それに、髪がかたいうえにひどいクセ毛！　かわいい子の条件《じょうけん》、なにもそろってないんだよ。

かわいいってみんなが言う子は、顔が小さいんだよ。目が大きめでひとみがキラキラしてる。スタイルがいい。あと、髪や肌《はだ》がきれい。それにオシャレ。

で、わたしは、ちょっとでもかわいく見えるように、がんばってきたんだよ。

顔だちは変《か》えられなくても、髪をきれいにするとか。クセ毛が目立たなくなる、いいシャンプーをママに買ってもらって、ていねいにドライヤーでかわかしてさ。

スタイルがよく見える服の着方を、いとこのマリエおねえちゃんに教えてもらったり。マリエおねえちゃんは、服飾《ふくしょく》デザインの学校に通ってて、センスがいいんだ。

わたしがそんなふうにがんばり始めたのには、きっかけがある。

五年生になってすぐのお休みの日。ショッピングセンターで、ぐうぜん同じ五年一組の、カレンとユアに会ったんだ。二人はわたしを見て、声をそろえて言った。

「ヒヨリ、その服めっちゃかわいい！」

そのときわたしは、マリエおねえちゃんにもらったワンピースを着てた。学校の課《か》題《だい》で作ったっていうキッズ用のリメイクの服で、デニム素材《そざい》ですごくかわいいの。

その服を、カレンとユアがめちゃくちゃほめてくれて。

「ヒヨリって、オシャレなんだね。」

「うんうん。かわいいコーデだよー。」

うわあ！　って思った。カレンとユアって五年生のツートップなんだよ。二人とも文句《もんく》なしにかわいいけど、それだけじゃない。

カレンのパパとママはインテリアデザイナー。二人ともオシャレでカッコいい。ユアのお家《うち》は人気のデンタル・クリニック。お城《しろ》みたいなステキなお家って評判だ。

二人ともかわいくてオシャレでお家もステキで……みんなにあこがれられている。

その二人にほめられたんだから、わたしはもう、舞《ま》い上《あ》がりそうな気分だった。

それがきっかけでわたしは、学校で、二人とよく話すようになった。

話題のメインはかわいい服のコーデや、髪型《かみがた》の話。それから、もっとかわいくなれそうなもの……シャンプーやリップやキッズ用ネイルカラーなんかの情報交換《じょうほうこうかん》。

わたしも二人についていきたくて、がんばって、ママのパソコンで調べてきたことを、二人にさりげなく話す。

「わ、それいいね！」「今度ためしてみよう！」なんて、二人が言ってくれたら、やった！　って感じ。でも一番うれしいのは、

「ヒヨリ、それ、かわいい！」

と、二人に言われること！　テストで百点取るより達成感《たっせいかん》があるんだよね。

そして、ある日、カレンがこんなことを言ってきた。

「ユア、ヒヨリ、いっしょに写真撮らない？　ママがSNSにアップしてくれるよ。」

カレンのママのSNS！　カレンのママは写真を撮るのがうまくて、フォロワーがすごく多い。カレンが撮った写真も、カレンのママが加工《かこう》してアップしている。

「仲《なか》よしといっしょの写真、アップしたいねってユアと言っててさ。今度の日曜日、

うちで、三人で撮影会しない？」

（カレンのママのSNSにいっしょに？　それに、仲よしって今、言った？）

「うん！　もちろん、いいよ！」

もう、うれしすぎ！　二人ほどかわいくないのはわかってるけど、正式に「かわいい子仲間」に入れてもらえた感じだ！

それからわたしは、大はりきり。どんな服を着て撮影するか、持ってる服を全部床にならべて、なやみになやんだあげく、マリエおねえちゃんに決めてもらった。

そしてきのうの夜。

「明日、写真撮るんでしょ！　今日は早くお風呂《ふろ》入って寝なさいよ。」

「はあい！」

お風呂をあがって、髪をかわかす前にケータイを見たらカレンからメッセージが来ていた。

——明日、しんせきのおじさん一家が来ることになって！　うちで撮影はダメってママが言うんだよ。よかったら、ヒヨリの家で撮影させてもらえないかなー？

（え、うちで⁉）

――ユアの家も、聞いたんだけど、朝からクーラーの付《つ》け替《か》え工事があって撮影できないって言うし。明日天気よくないみたいだから、外もダメなんだよね。

そのときつい、いいよって返事しちゃった。ここでダメだって言って、気まずくなったらイヤだって思ったんだよ。

だけど……すぐに後悔《こうかい》した。うちって古いマンションで、カレンの家みたいにオシャレでもないし、ユアの家みたいに豪華《ごうか》でもない。

「ママ、どうしよう……。明日、うちで撮影することになった……。」

パパとママに説明《せつめい》したら、二人はおどろいて、そこから三人でおおそうじすることになった。

ふだんは気にしてなかったところでも、よく見たらほこりがたまってたり、なんとなく捨《す》てないで取っておいた、紙袋《かみぶくろ》や箱がつみ上げてあったり。

「ああー！　カーテン今から洗濯《せんたく》して、間に合うかな？」

「クローゼットによけいなものを全部入れちまおう！」

そうじと片《かた》づけが終わったときはもう夜中。ベッドにバタンとたおれこんで、そのまま寝ちゃったんだ……。

「で、目が覚《さ》めたら、これ、できてたんだよ。」

わたしはおでこのニキビを指さした。

「寝不足で目もはれてるし、髪もかわかさないで寝たからバリバリだし。撮影どころか、こんなんで、カレンにもユアにも会えないよ！」

「なるほど、お話はよくわかりました。」

ヨウヒはうなずいて、こう言った。

「ヒヨリさんは、つまりカレンさんやユアさんに、いつでも『かわいい』と思われたいということですね？」

「ああ、そうだよ！　うん、そのとおり！」

ヒヨリは、大きくうなずいた。

「カレンとユアに、かわいいって言われたいし、ほかのみんなにもかわいいって思われたい。それに……。本当のこと言うと……。」

ヒヨリは口ごもった。

「なんですか？　ここではどうぞ、なんでも、思ったことを言ってください。」

「……正直なこと言ったら、あんまりがんばらないでかわいくなりたい。だってさ、カレンもユアも、もともとかわいいうえにオシャレなんだよ。その二人についていくためには、毎日必死《ひっし》でさ。ちょっとつかれてきたっていうか……。」

「なるほど。では、ヒヨリさんにぴったりの術《じゅつ》をかけましょう。」

「え。もしかして、めっちゃかわいくなれるの？」

ヒヨリはカウンターに手をついて、前のめりに聞いた。

ヨウヒは下を向いて、すばやく右手を動かした。ぺらぺらと空気をつまむみたいに……見えない本のページをめくるしぐさをしたかと思うと、うなずいて、ヒヨリのほうに向き直った。

「いいですか？　あなたに今から術をかけます。そしたらあなたの右の人差《ひとさ》し指《ゆび》が、特別《とくべつ》な力を持ちます。」

「特別な力？」

「鏡を見ながら、顔に人差し指で『かわいい』と書くだけで、あなたはだれからもかわいく見えます。」

「え、ええ？　本当に⁉」

それには答えずヨウヒはにぎった両手を上げ、ヒヨリの顔の前でぱっと開いた。

（え？　手の中に字⁉）

ヨウヒの左手の中に「顔」、右手の中に「書」という漢字が見えた。それも濃いピンクの、キラキラ光る文字だ。

「顔書《かおにかく》のコトバ！　なんとかしてください‼」

ヨウヒがさけんだとたん、「顔」と「書」の字が目を射《い》るようにキインと光った。

（ま、まぶしい！）

思わずヒヨリはのけぞり、両手で顔をおおった。

「あ、れ?」

おそるおそる、顔を上げると、そこはヒヨリの部屋だった。床にすわりこんで、左手には手鏡をにぎっている。

「ヒヨリ! カレンちゃんとユアちゃんが来たわよ! オシャレもいいかげんにして、早く出てきなさい。」

ママの声が、ドアの向こうから聞こえた。元の場所と時間にもどったみたいだ。

(ど、どうしよう。カレンたち、来ちゃってるし。)

そう思ったとき、ヒヨリの右の人差し指が、いきなりピンクの光をはなった。

——あなたの右の人差し指が、特別な力を持ちます。

——鏡を見ながら、顔に人差し指で『かわいい』と書くだけで、あなたはだれからもかわいく見えます。

ヨウヒのコトバがよみがえった。

(さっきの、夢《ゆめ》じゃなかったんだ! ようし、やってみよう!)

ヒヨリは光る指先で、鏡を見ながら自分のおでこに、ゆっくり「かわいい」と四文字を連《つら》ねて書いた。すると書いたピンクの文字がおでこに残《のこ》り、チカチカッとまたたいたかと思うと、肌の奥にしずむように消えた。

ヒヨリはドキドキしながら、自分の顔がかわいく変わるのを待った。

(どんな顔になるのかな？　カレンみたいに、きれい系《けい》のちょっときりっとした感じ？　でもユアみたいに目がおっきくて、ラブリーな感じでもいいな。)

でも鏡の中の顔は、まったく変わらなかった。ニキビすら、ひっこまない。

(うっそー‼　ぜんぜん、ダメじゃん！)

考えてみれば、かんたんにかわいくなれる術が本当にあるなら、きっとみんなかけてもらう。世の中、かわいい子だらけになっているだろう。

(あのヨウヒって子にダマされたのかな？　やっぱり、おしまいだ……。)

「ヒヨリ、入るわよ！」

ママがそう言って、ドアを開けた。ママの横には、カレンとユアが立っている。

カレンとユアが、ヒヨリを見るなり、はっと息をのんだ。そして目を見はった。

(二人ともおどろいてる。そうだよね。こんな顔なんだもの。)

ヒヨリは、二人から顔をそむけた。

(きっと、撮影中止だよね。それどころか、友だちですらなくなったかも。)

そう思って目を閉《と》じたときだった。

「「ヒヨリ、かわいーい!!」」

二人が同時にさけぶのが聞こえた。

(え?)

ヒヨリは目を大きく開けて、二人を見た。

「ヒヨリ、今日、めっちゃかわいい!」

「その服も似合《にあ》ってるよ。かわいい!」

二人は、かわいいを連発《れんぱつ》した。わざとほめて、からかってるのかと一瞬《いっしゅん》思ったけど、カレンもユアもそんなイジワルを言う子じゃない。本気で言っている感じだ。

「顔つきがスッキリして、かわいいわ。オシャレをがんばったかいがあったわね。」

ママまでそう言った。ちらっと鏡を見てみたが、やっぱり顔は変わっていない。

(みんなには、かわいい顔に見えてるってこと?)

――鏡を見ながら、顔に人差し指で『かわいい』と書くだけで、あなたはだれからもかわいく見えます。

もう一度、ヨウヒのコトバを思い出してみた。

（あ、そうか！　ヨウヒは「かわいくなれます」とは言ってなかった！「かわいく見えます」って言ったんだっけ！）

「ヒヨリ、早く、写真撮ろう！」

カレンがヒヨリの腕《うで》を取った。

「ヒヨリん家《ち》、ソファにいっぱいかわいいクッション置《お》いててステキ！　まずはあそこで撮らせてもらおうよ！」

ユアもうれしそうに、ヒヨリを急《せ》かした。

「うんうん！　いっぱい、撮っちゃおう！」

ヒヨリもそう言って、手鏡を置いて立ち上がった。

撮影は大成功《だいせいこう》だった。

（カメラに写った顔も、かわいく見えるのかな？）

ちょっと不安になったけれど、それも心配ないとすぐにわかった。

スマホの画面の写真を見ながら、カレンとユアが、

「うわあ、ヒヨリ、すっごくかわいい！」

「こっちのもかわいく撮れてる。ヒヨリ、最高！」

と、たくさんほめてくれたからだ。


月曜日。

（昨日《きのう》はカレンもユアも、かわいいって言ってくれたけど……。ほかのみんなにも、ちゃんとかわいく見えるのかな。だいじょうぶかな。）

ドキドキしながら学校に行ったら、席《せき》に着くなりマナたちが声をかけてきた。

「ヒヨリ、髪型変えた？　今日、なんかかわいいんだけど！」

「うんうん。いつもよりキラキラしてる感じ！」

マナたちのグループはちょっと大人っぽいふんいきの子たちで、恋《こい》バナをよくして

いる。ふだんは話すのに、少し気おくれするのだが。

「あ、ひょっとして、だれかに恋してるとか？」

「し、してないよ！」

「ほんと？　じゃあ、なんでひとみがそんなにキラキラうるうるなのかなあ？」

「もう、知らないよー！」

えんりょすることもビクビクすることもなく、いっしょに笑って仲よく話せた。

（ああ、かわいいって、いいなあ。だれとでも、すぐに仲よくなれるし、堂々《どうどう》として
いられる。）

そこにカレンがやってきた。

「昨日三人で撮った写真、一番よく撮れてるのを、ママにプリントしてもらったの。」

カレンがつくえに写真を置いた。ソファで三人ならんで笑っている写真だ。ルーム
ライトで足元からてらしたり、いろいろ工夫《くふう》したかいあって、カレンもユアもすごく
きれいに撮れている。ヒヨリだけがいつものさえない顔に見えるのだが。

「わあ、三人ともかわいい!!」

みんなが歓声《かんせい》をあげたので、ほっとした。

「ねえ、三人でアイドルデビューしたら？」

なんて言われて、もううれしくて、たまらなかった。

そのときマナが、写真をじっくり見ながらこうつぶやいた。

「……ほんと、三人とも、同じぐらいかわいいよね。」

（同じぐらいかわいい……。）

そのとき、なぜかそのコトバが、ひっかかった。

あこがれていたカレンやユアと同じぐらいかわいい……そう言われてとてもうれしいはずなのに、胸《むね》にぷつっと細いピンがささったような、小さないたみが走った。

（……三人とも同じぐらいってことは。わたしがどんなことをしても、三人の中で一番かわいくはなれない……ってことだよね。）

授業中《じゅぎょうちゅう》、ヒヨリは考え続けた。

（カレンやユアと同じぐらいかわいいって思われるのはうれしい。でも、よく考えたら、魔法《まほう》みたいなものをかけてもらっても、二人よりもかわいくなれないなんて……。なんだかモヤモヤしちゃうな。）

せっかくだったら、ただかわいいだけじゃなく、「思い切りかわいく」見えるように、たのんだらよかった。

もう一回、ヨウヒに術をかけ直してもらえないかな？ でも、あの『なんとかなる本』は、あれから部屋のどこをさがしても見つからないし、ヨウヒに会いに行く方法もわからない。

（せめて、術を強くすることとかできないのかな？）

そこまで考えたとき、はっとひらめいた。

（できるかもしれない！）

お昼休み、給食《きゅうしょく》を大急ぎですませると、ヒヨリは校舎《こうしゃ》のはずれのトイレにかけこんだ。だれもやってこないのをたしかめて、かべの鏡の中の顔を見つめた。

ニキビがちょっと小さくなった、そのおでこに「かわいい」というピンクの文字が、すうっとうき上がってきた。ヒヨリが書いた文字の形、そのままだ。

「もうちょっと、書きたい。」

そうつぶやくと、右手の人差し指がじわっと光り始めた。指先から、強いピンクの光がはなたれる。

ヒヨリはおでこに指をあてて、「かわいい」の前に、ゆっくりと四文字を書き足した。書き終えると、ヒヨリはうなずいた。

（うん、はっきりした字でちゃんと書けてる！）

「めっちゃかわいい」

その八文字は、チカチカッとまたたくと、すうっと顔の中に消えていった。


「ヒヨリ……う、っわあ！」

「めっちゃかわいいよ！」

トイレから教室にもどると、カレンとユアが大きな声で言った。

それで近くにいた女の子たちが、ヒヨリのまわりに集まってきた。

「なに？　もしかしてメイクしてきた？」

「朝よりかわいくなってる感じ！」

「だから、やっぱ恋でしょ⁉」

ヒヨリはニコニコ笑って、頭を軽く横にふった。ただそれだけのことなのに、みんなが、「わあっ、かわいい！」と声をあげた。

いつのまにか、男の子たちもいっしょになってヒヨリを見ていた。ぽかんと目を見はっている子、コトバにならない声を発してはしゃいでいる子、「かわいいかわいいめっちゃかわいい！」と、おまじないみたいにつぶやいている子もいた。

（みんな、わたしのこと好《す》きになってる‼）

いつもすぐにいじってくる、イジワル男子のほうを見たら、ヒヨリと目が合っただけで、真っ赤になって後ずさりした。イジワルどころか、はずかしくて声もかけられないようだ。

（やったあ！　術のアップグレード、大成功！）

ヒヨリは、ばんざいしたい気持ちをこらえて、ニコッとかわいくほほえんだ。

ヒヨリはそのあとも、とても気持ちよく過《す》ごした。

家に帰ったら、パパやママもヒヨリを見るなり笑顔《えがお》になった。

二人ともいつもいそがしくて、ヒヨリと話をするときも、食器《しょっき》を片づけたり、スマホを見ながらだったり、なにか用をしながらのことが多い。なのに二人とも、やりかけのこともやめて、ずーっとヒヨリの顔を見ながらにこやかに話す。

パパなんてとろけるような笑顔で、今おねだりしたら、なんでも買ってくれそうな感じだった。

（はー、楽しい。「めっちゃかわいい」って、もう、いいことしかないよね！）

そう思いながら、晩《ばん》ごはんのあと三人でテレビを見ていたら、アイドルグループが出てきた。去年デビューして、海外でも人気の女の子グループだ。オシャレでかわいくて、ダンスも歌もうまくて、クラスでもファンの子が多い。

「ヒヨリだったら、アイドルになれるかもなあ。そのうちスカウトされるかもしれないぞ。」

パパが、うれしそうに言った。

（「二人でアイドルデビューしたら？」なんて、だれかが言ってたよね。）

ヒヨリは、自分が大人気アイドルになって、ステージの上で多くの人の声援《せいえん》をうけているようすを思いうかべた。悪くない！　想像《そうぞう》しただけで、口元がゆるむ。

「てきとうなこと言って！　アイドルなんてかんたんになれるわけないでしょ。」

ママが話を止めた。

「たしかにヒヨリはかわいいけど、芸能界《げいのうかい》なんて、すっごくかわいい子ばっかりのきびしい世界なんだから……。」

ママのコトバにヒヨリはびくんとかたまった。

（芸能界では、めっちゃかわいいのがあたりまえなんだ。わたしがいくらがんばっても、アイドルたちよりはかわいくなれないってこと……。）

そう思ったら、舞い上がっていた気分が、しゅんと下がってしまった。どんなに不《ふ》思議《しぎ》な力にたよっても、しょせん「本当にかわいい子」には勝てないと言われている気がした。

（……また、「顔書」の術をアップグレードできないかな……。）

「かわいい」を「めっちゃかわいい」にできたんだから、今度は「めっちゃめっちゃかわいい」とか「ものすごくめっちゃかわいい」にしたら、今よりも、もっとかわいいとみんなに思ってもらえるだろう。

ヒヨリはまだ言い合っているパパとママからはなれて、自分の部屋に行った。

手鏡で自分の顔を見ると、おでこに「めっちゃかわいい」の八文字が、じわっとうかび上がった。

「書き足したい。」

ヒヨリがつぶやくと、右手の人差し指がサイリウムになったみたいに光り、指先からピンクの光が出てきた。

ヒヨリはおでこに指をあてて、なんて書こうか考えた。

(「めっちゃめっちゃかわいい」や「ものすごくめっちゃかわいい」にしても、同じぐらいかわいい子は、世の中にたくさんいるかもしれない。……それだったら。……うん。これでいこう!)

ヒヨリは指を動かした。

五文字を書き足すためには、ちょっと小さい字で書かなくてはいけなかった。字をまちがえないように、息を止めて、こう書いた。

「だれよりもめっちゃかわいい」

その十三文字は、ピンクにしばらく光っていたが、やがてビカッと目をさすような強い光をはなった。

（まぶしい！）

思わず目を閉じた。少しの間、そのままじっとしていたが、やがて目を開けた。

おでこの文字はもう消えていた。


翌朝《よくあさ》。

「おはよう、ふわあああ。」

ヒヨリがあくびしながら言った。

今日もクセ毛がピンピンはねて、髪がまとまらない。でも、オシャレしなくても、どうせかわいいと思われるのだから、髪はそのままだ。

「「………」」

パパもママも目を見はり、ヒヨリに見入っていた。

「はあぁ、ヒヨリ、なんてかわいいのかしら、ずっと見ていたいわ……。」

「ああ、もう、最高にかわいいよ！」

そう言ってうっとりと、宝石《ほうせき》でも見るようにヒヨリを見つめる。

（やった。「だれよりもめっちゃかわいい」の術がちゃんと効《き》いてるよ！　学校に行くの、楽しみだな！）

術の効果《こうか》は、学校に行くまでの道でもはっきり現《あらわ》れた。

道ですれちがう人が、ヒヨリを見るなり、はっとおどろいて目を大きく開く。そしてみんな、うれしそうに笑みをうかべる。犬の散歩中《さんぽちゅう》のおじいさんも、自転車に乗ったおばさんも、配達中のおじさんも、スーツを着たおねえさんも……一人赤ちゃんを抱《だ》っこした人がいたが、赤ちゃんまでヒヨリに見とれたのだ！

（「だれよりもめっちゃかわいい」……は、この世で一番かわいいってことだもんね。みんな、わたしが見たことないほどかわいいから、びっくりしてるんだ！）

ヒヨリは、うれしくてたまらなかった。
（この調子なら、きっとスカウトされるよね！　告白《こくはく》もいっぱいされちゃうかも。こ
とわり切れなかったら、どうしようかなあ。）
ワクワクドキドキ、ちょっと緊張《きんちょう》しながら学校に行った……。

（こんなことになるなんて……。）
昼休み、ヒヨリは、自分の席で一人、ずっとうつむいていた。残念だけど、今はそ
うするしかなかった。
学校一の人気者になるだろうから、教室に入ったら、おおぜいにかこまれて大変《たいへん》だ
ろうな、なんて思っていたのに、……だれも話しかけてこなかったのだ。
みんなヒヨリをただ、見つめる。息をのんでかたまってしまう子もいれば、キャッ
と声をあげる子もいる。だれもが、ヒヨリにうっとりと見とれるのだが、一人も話し
かけてこない。
（かわいすぎて、気おくれしちゃうのかな。こっちから話さないといけないんだ。）

「カレン、ユア、あのさ……。」

話しかけようとすると、二人は顔を赤くして、すーっとはなれていった。そして、ちょっとはなれたところから、また笑顔でこっちを見つめた。

（え？　どうして？）

「……あんなにかわいい子、見たことない。」

「信《しん》じられないよね。本当にわたしと同じ人間なのかな？」

背後《はいご》から、ひそひそとそう話すのが聞こえるので、ヒヨリがふり返ると、

「キャッ！」「ヤバ、こっち見たあ！」

みんな、ざざっと後ずさった。

先生なら、ふつうに話してくれるかなと思ったけれど、ダメだった。先生までもヒヨリに見とれて話すのを忘《わす》れ、授業がぜんぜん進まなかったのだ。

（これじゃ、だれともふつうに話せないじゃん！　あんまりかわいすぎると、人がよってこなくなるなんて、わからなかったよ。「顔書」のアップグレード、やりすぎちゃったなあ。）

栄光
栄光
栄光
栄光
栄光
栄光
栄光
栄光
栄光
栄光
栄光
栄光
栄光
栄光

ヒヨリはとぼとぼと一人トイレに行って、鏡の前に立った。

おでこに、「だれよりもめっちゃかわいい」の十三文字が、うかび上がる。「だれよりも」の文字を指でなでてみた。ここさえ消えれば、「めっちゃかわいい」だけになる。思えば「めっちゃかわいい」で十分だったのに、よくばりすぎたのだ。

（そうだ！　いらない字は消せばいいんだ！）

そう思ったら、右手の人差し指に光がともった。

ピンクの光をはなつ指先を、おでこの文字……「だれよりも」の上に置いて、字を消すように横線を引いた。こうすれば「だれよりも」の取り消しになるはずだ！

しかし、線は書くそばから消えてしまい、文字の上に線は引けなかった。

あせったヒヨリは「だれよりも」の上に×を書いたり、ぐるぐるとうずまきを書いて、なんとかその五文字を消そうとしたが、やっぱりできなかった。

（一度書いた文字は取り消せないんだ！　どうしよう！）

ヒヨリは必死で考えた。

（字を書き足すことしかできないんだったら、なにかまた書き足そうか。「ちょっとだけだれよりもめっちゃかわいい」とか。……ヘンか。「みんなに人気で話しやすくてだれよりもめっちゃかわいい」にしたら？　長すぎるか！）

なやんでいるうちに、午後の授業開始のベルが鳴った。

しかたなく教室にもどると、みんな話すのをぴたっとやめ、じっとヒヨリを見た。ニコニコしたままのみんなの顔が、どれも笑顔の仮面《かめん》みたいに見えて、ぞっとした。

（これって、一生、こうなの？　顔の文字が取り消しできないんだったら、死ぬまでこんな毎日なの？）

だれもそばによってこないし、話しかけてもこない。あっちこっちでヒヨリのことをうわさしているのが聞こえるが、話しかけると逃《に》げられる。

きらわれているわけではないし、悪口を言われてもいない。みんなにあこがれられ、好かれているのに、だれとも仲よくなれない。ずっと一人ぼっちだ！

たえられなくなって、ヒヨリは立ち上がってさけんだ。

「みんな、もう見ないでよ！　やめて！」

でも、だれもなにも答えなかった。みんな目をキラキラさせたり、顔を赤らめたりして、こっちを見つめているだけだ。

「カレン、仲よしなんだったら、なにか話してよ！　いつもみたいに、オシャレのこととか！」

いきなり名前を呼《よ》ばれたカレンは、飛《と》び上《あ》がった。

「ド、ドキドキして無理《むり》……。」

カレンはユアの後ろにかくれた。

「ユア、なにか話してよ。お願《ねが》い！」

ユアのほうに近よると、ユアも後ろに飛びのいた。

「来ないで！　かわいすぎて、顔見て話せないし！」

そう言って、カレンといっしょに教室のすみに走っていった。

「カレン、ユア！　待って。前みたいに話そうよ。みんなも！」

ヒヨリは、少しはなれて自分のまわりを取りかこむ、みんなを見回してさけんだ。

「みんな、本当はわたしのこと、仲間はずれにしたいの!?　おかしいよ！」

するとクラスの子たちは、こまったような顔で首をかしげ合った。

「ヒヨリ、なんか怒《おこ》ってる？」

「さあ、でも、プンプンしてる顔も最高にかわいいね。」

「なに言ってるかわからなくても、かわいいからゆるす！」

だれかが後ろのほうで、そう言い合うのが聞こえた。

「わたしはかわいくないんだって‼　すぐにわかるよ！」

ヒヨリはどなって、教室を飛び出した。

近くのトイレに飛びこみ、鏡の前に立った。右手の指先は、すでに光っていた。

ピンクにかがやくおでこの十三文字のあとに八文字、続けて書き足した。

「だれよりもめっちゃかわいい」

「だれよりもめっちゃかわいい　かおでなくていい」

すると、その文章がビカッと真っ白い光をはなったかと思うと、文字がパンッとはじけて花火みたいに飛《と》び散《ち》った。

こなごなになった文字のかけらは、ヒヨリの顔から飛び出して、空気にとけて消えていった。同時に右手の人差し指からも、光が消えた。

「……あ。」

すべての光が消えたあと、ヒヨリは鏡の前で立ちつくした。

(今ので、元にもどったのかな?)

それなら今、鏡に映っているヒヨリの顔が、そのままみんなの目にも映るだろう。

鏡の中のヒヨリは、ニキビはどうにかなおったものの、まだ小さな赤い点がぽつんとおでこの真ん中にある。どうせかわいく見えるんだと思って、手入れをサボった髪はクセ毛がピンピンとはねているし、服もしわだらけ、ふだん着以下《いか》だ。

(うわ、最低《さいてい》。わたし、ここまでヒドかったっけ!)

そう思ったとき、トイレのドアが開いてカレンとユアが入ってきた。

「「ヒヨリ!」」

目が合うなり、二人は声をあげた。

(ああ、ヒドイ顔だって……今度はがっかりされる! もう友だちでいてもらえなくなるかも。)

ヒヨリはぎゅっとこぶしをにぎった。

（……でも、しかたない。これが、自分の顔なんだから。）

ヒヨリはいったんそらしかけた目を、二人にもどした。カレンとユアは、じっとヒヨリの顔を見てこう言った。

「急に教室出ていくから、びっくりしたよ。ヒヨリ、気分悪いの？」

「もしかして寝不足とか？」

（……二人の態度は、元にもどってる感じだけど……。）

でも、内心はどう思っているのかわからない。

（ヒヨリって、ここまでさえない子だったっけって、思ってるかも……。）

「……あ、うん。ちょっと寝不足なんだ。ゆうべおそくまで、動画見てて……。でも、ぜんぜん元気だよ……。」

ヒヨリが答えると、二人はほっとした顔になった。

「それなら、よかったー。」

「めっちゃ心配したよ。」

「え、二人ともそんなにわたしのこと、心配してくれたの？」

するとカレンとユアが笑って、あっさり答えた。

「そりゃ、心配するよ。友だちなんだから。」

「そうだよね。」

(友だち……なんだから。)

「ヒヨリがいつもみたいに元気で明るくないと、調子出ないよ。」

「そうそう。ヒヨリにいつも、元気もらってるねって、言ってるんだよ。」

(二人はそんなふうに……わたしのこと思っててくれたんだ。)

じわっと、涙《なみだ》がにじんできた。

(わたしはカレンのことも、ユアのことも、友だちのつもりでいたけど、かわいいオシャレな子としてしか、見てなかったのかもしれない。二人の気持ちも考えたことなかった。それなのに……。)

「カレン、ユア!」

思わずヒヨリは二人に抱きついた。

「……二人と仲よくなれて、よかった。」

カレンはクスッと笑って、ヒヨリの背中《せなか》を、小さい子にするみたいに、優《やさ》しくとんとんたたいた。

「なに、急に。あまえんぼさんスイッチ、入った？」

「ヒヨリ、髪がはねまくり！　それ、なんとかしなくちゃ！」

ユアはポーチから取り出した小さいブラシで、ヒヨリの髪をいっしょうけんめいとき始めた。

「見ました？　ヒヨリさんのあの、うれしそうな顔！」

カウンターにひじをついて、ヒヨリのようすをモニターで見ていたヨウヒは、となりにいるバダさんに話しかけた。

バーコードリーダーのバダさんはこの樹本図書館の、本の貸出《かしだし》・返却《へんきゃく》を手伝《てつだ》ってくれるヨウヒの相棒《あいぼう》だ。バダさんは、せっせと返却本を処理《しょり》しながら、ヨウヒに答えた。

「ええ、見てましたよ。ヨウヒさん、実にいいタイミングで術を解《と》いてあげましたよね！　感心しましたよ。」

バダさんは、バーコード読み取り部分にあたる頭のてっぺんを、大きくゆらしてそう言った。

「ヒヨリさんが、自分が本当に望《のぞ》むものがわかったから……あれは彼女《かのじょ》が自分の力で解いたようなものです。子どもらが本来持つ力を助けるように術を使うのが『一級コトバ使い』の基本方針《きほんほうしん》ですからね。」

「なるほど、なるほど……じゃ、この件《けん》は無事終了《ぶじしゅうりょう》ですか？」

「はい。データを本の樹に送りますね。」

ヨウヒは、タン、とキーボードのエンターキーをたたいてつぶやいた。

「『顔書』の案件《あんけん》、これで終了。」

二冊《さつ》目《め》

あれもこれもムダさんと語飛《かたるがとぶ》のコトバ

（まずいことになった……かも。）

クラス全員が、こおりついている。授業中《じゅぎょうちゅう》の、さっきまでのゆるい空気がウソのように静《しず》まり返《かえ》って、みんな、あぜんとしてトウリを見ている。

（ちょっと大きい声、出しすぎた。）

トウリは、またちらっとサホのほうを見た。サホまでもが……トウリのことをよくわかってくれているはずのサホなのに、かたく顔をこわばらせている。

――こんな質問《しつもん》自体が不必要《ふひつよう》、時間のムダだと思うし！

たった今、トウリがさけんだそのコトバが、みんなをおどろかせている。

それはそうだろう。みんなの知っているトウリはおだやかで親切な優等生《ゆうとうせい》。大きい声なんか出したことないし、いつだってにこやかだ。

（失敗《しっぱい》した！　先生に、しかも授業中に！　なんで……言っちゃったんだろ。）

「曽根《そね》くん。どうしたのかな？　どうも、きみらしくないね。」

気を取り直したように、山本《やまもと》先生が言った。

（そうだよ。ぼくらしくないこと、言っちゃったんだよ。すぐにうまい言いわけしなくちゃ。実はすごくイヤなやつだったってことになるぞ。「ストレスたまってて、イラついてて、すみません。」とか？　いや、それも感じ悪いよな。）

必死《ひっし》で考えるが、ぜんぜんいい言いわけが思いつかない。ぎゅっと下くちびるをかみ、うつむいたらみんながざわつき始めた。

「なんか……トウリくん、こわい。」

「いつもと感じ、ちがうよね。」

「本当はキレやすいやつだったとか？」

教室のあちこちから、みんなの声があがる。

（今まで、ずっと優等生で、うまくやってきたのに！）

トウリは心臓《しんぞう》がバクバクしてきた。冷《つめ》たいあせが、つうっとひたいから落ちる。

（なんとかしないと！　なんとかしないと、すごくめんどうなことになるぞ！）

あせをそでぬぐったとき、あれっと思った。

つくえの上に見覚《みおぼ》えのない本がのっている。

教科書と同じサイズ、厚《あつ》さだが、こんな真っ赤な……先生が採点《さいてん》で使う赤ペンみたいな色の教科書はない。『なんとかなる本』というタイトルもなぞだ。

（なんとかなる本か。読んでなんとかなるんだったら、読みたいよ。）

失敗した自分をあざけり笑《わら》う気持ちで、そう思ったとき。

その本の表紙が、すうっと開いた。

――あなたは今、なんとかしたいことがありますか？

いきなり、その一行が目に飛《と》びこんできた。

（あるよ！　今すぐ、なんとかしないとダメなんだ！）

トウリは心の中で、そうさけんだ。

すると、その本が強風にあおられたように、バラバラッとはげしくページがめくれた。そして、一枚《まい》のページが本からちぎれて、トウリの顔めがけて飛んできた。

ページがトウリの顔にはりついて、目の前が真っ白になった。

べたり。

「わっぷ!!」

トウリは、顔についたその紙をはらいのけた。

すると、目の前の景色《けしき》が、すっかり変《か》わっていた。

(え？　なに？)

教室の自分の席《せき》にいて、みんなの注目をあびていたはずなのに、トウリの立っていた場所は、うす暗い部屋だった。

あたりを見回すと、大きな本棚《ほんだな》にかこまれてはいるが、がらんとした広い部屋だ。

(本がいっぱい？　それに貸出《かしだし》カウンターもあるぞ。)

「なにここ……図書館？」

つぶやくと、

「ええ、そうですよ。ここは図書館です。」

後ろから声がした。

ふり返ってぎょっとした。そこには、室内なのに大きな木があり、しかも枝《えだ》には本らしきものがぶら下がっている。そしてそのおかしな木の横によりそうように、女の子が立っていたのだ。

「この本の樹《き》を守り育て、樹本を貸し出す、『樹本図書館』です。」

意味がわからなすぎて、トウリはぽかんとしてしまった。

「勉強がよくできて、いろんなことを知っているあなたでも、さすがにここのことは知らないでしょうね。」

めがねをかけたその子は、無表情《むひょうじょう》でそう言った。トウリと年が近い感じだが、白シャツに地味な色のパンツと上着、どこかの会社の制服《せいふく》みたいなのを着ている。

「ぼくのこと、知ってるの？　なんで？」

するとその子はトウリの質問には答えず、こう聞き返してきた。

「今すぐ、なんとかしたいことがあるんですよね？」

「あ、ああ、そうだよ。」

「ではまず、あなたのこまっていることの詳細《しょうさい》をお聞きしましょう。」

「話したら、なんとかなるの？」

「ええ、コトバの力をかりれば、たいていのことはなんとかなりますから。」

女の子はうなずき、名刺《めいし》を取り出した。

「わたし、こういう者です。」

――一級コトバ使《つか》い・樹本図書館司書《ししょ》　葉飛《ヨウヒ》

(コトバ使い？　呪術《じゅじゅつ》を使うとかかな？　それにこのヘンな図書館の司書って言われてもなあ……。)

自己紹介《じこしょうかい》されても、相手の正体はつかめないままだったが、このピンチをどうにかしてくれるなら、だれでもいい。トウリは、話すことにした。

どこから、話せばいいのかな？　詳細って言うけど、どの程度《ていど》くわしく話せばいい？　必要のないことを話しても時間のムダだよ。

え？　この場所って、時間のコントロールができるの？　つまりここでは、どんなに話しても「時間のムダ」にはならないのか。へえー、それは気が楽だな。

じゃあ話すけど、ぼくはムダがキライなんだ。時間のムダ、労力《ろうりょく》のムダとかさ。できるだけなんでもムダなく、ようりょうよくやって、自分にとってプラスになることだけをやりたいんだよね。

学校の勉強、無理しない程度のスポーツ、受験《じゅけん》のことや、役に立つ情報《じょうほう》の収集《しゅうしゅう》は、きっちり時間を取ってやっている。サボりたいとも思わない。ああ、遊んでるときも、もちろんあるよ。効率《こうりつ》よくやるには、リラックスの時間も大事だもんね。

学校図書館でかりた本を読んだり、ネット配信《はいしん》でアニメを見たりする。けど、本当に読んだり見たりするねうちがあるか、ほかの人の評判《ひょうばん》を見て慎重《しんちょう》に選《えら》ぶよ。つまらないものにあたったら、せっかくのリラックスの時間のムダづかいになるからね。

でさ、ぼく、どうでもいい話を人にされるのが、苦手なんだ。うちの母さんと、高校生の姉さんも、よくそういう話してるよ。

のらねこを見かけた、となりのマンションに住むカップルが大ゲンカしてた、人気俳優《はいゆう》が不倫《ふりん》した。こういう話で盛《も》り上《あ》がってる意味がわからないよ。

学校でもそんな感じ。委員会活動や、係の当番は、イヤがらずにさっさとやる。サボって先生に注意されたりするの、時間のムダだしね。

ほかの人の悪口も言わないし、ケンカもしない。だれにでも親切だけど、とくべつに親しい相手を作らない。人間関係《かんけい》でトラブルを起こすと、本当にめんどうだよ。長引くし、つかれるし。これこそ時間のムダ！

その結果《けっか》、ぼくは「親切で優《やさ》しくて、勉強好《べんきょうず》きの優等生トウリくん」って思われるようになったんだよね。

ところがだ。なんでか今日は、失敗しちゃったんだ。

「今、夢中《むちゅう》になっているものはなんですか。」

授業でそう先生に聞かれたんだ。

この質問はこまるんだよね。なにかに夢中になったことは十一年と半年間、生きてきて、今まで一度もない。しいて言うなら、自分にプラスになること、役に立つことを知るのは、うれしいかな。

……ってことをふだんは、人に言わないようにしてる。とくに先生が聞いてくるときはね。大人が子どもに夢《ゆめ》とか好きなこととかを聞いてくるときは、こんなふうに答えてほしいって感じの「正解例《せいかいれい》」があって、それを外した答えを言うと、めんどくさいことになるんだ。

「夢がないのは、さみしいことだよ。」とかさ、「夢中になれることを見つけようよ！」とか言われがち。そんなの、人それぞれなんだし、ほっといてほしいよね。

正解例、知ってたのにな。たとえば「読書です。ノンフィクションが好きです。」とか「最近《さいきん》はスイミングに通ってます！」とか言っとけば、それですんだのに。

だけど、その前にちょっと家でイヤなことがあって。モヤモヤしてたんだよね。

姉さんが朝ごはんの最中に、ぼくの態度《たいど》が悪いって怒《おこ》り出《だ》したんだ。ちゃんと話を聞かないし、それって人をバカにしてるとか、いきなり言い出して。どっちがだよって、思ったよ。姉さんこそ、いつもぼくに上から目線でさ。

「親しい友だちにたいしても、そういう態度なら、あんたきらわれるよ。」

なんて言われて、ムカッときた。ぼくが学校でどれだけ努力《どりょく》して、親切でにこやかな優等生をやってるかなんて、なにも知らないくせに！　って思った。めんどうだし、言い合いになっても時間のムダだから、なにも言い返さなかったけどね。

そのことを思い出してモヤってたら、急に名前呼《よ》ばれて。

「今、夢中になっているものはなんですか。」

と、聞かれた。ぼくは考えるまもなく、先生につい、こう言った。

「なにもないです。まあ、自分に役立つこと以外《いがい》は興味《きょうみ》ないし。」

言い方も、そっけなくてキツかったかもしれない。そしたら、クラス中がシーンってなっちゃって。しまった！　キャラじゃないこと、言っちゃったぞって思った。

しかも、サホがあんな顔してるの見てしまって……、あせったんだよね。

あ、友谷《ともたに》サホは、おさななじみなんだ。家がすぐ近くで、保育園《ほいくえん》からいっしょ、小学校に入ってからも、一年から六年までずっと同じクラス。家族同士《どうし》も仲《なか》がいいし、用もないのにしょっちゅう家《うち》に来てる。

まあ、ぼくが本音で話せる、ゆいいつの相手かな。小さいころからのぼくや、家でのぼくを知ってるから、サホにだけは取りつくろっても通用しない。

サホは、ぼくが話を聞かずにタブレットを見始めても、必要なことだけ答えてさっさと自分の部屋に行っても、「いつものこと」って感じで、気にしない。むしろ、ぼくの話題で母さんや姉さんといっしょになって、盛り上がってるからね。

だから、サホはぼくのことを、よくわかってるはずなんだ。

それなのに、あんな冷たい顔するなんて……。まるでほかのみんなといっしょになって責《せ》める感じだった。そこに先生が、自分に役立つこと以外は興味ないっていうのは、どういうことかな？　なんてしつこく聞いてきた。

それでぼくは、カッとなって、

「たとえばこういう会話には興味がないんです。こんな質問自体が不必要、時間のムダだと思うし！」

なんて、言っちゃったんだ。教室はさらにシーン！　みんな、こおりついてたよ。

なんとかしなくちゃって思ったけど、もう、頭がパニックになっててなにも思いつかない。するとそこに……。

「そこに、『なんとかなる本』が現《あらわ》れたというわけですね。なるほど。」

話を聞いていたヨウヒが、そこでコトバをはさんでうなずいた。

「これ、本当になんとかなるの？」

トウリはカウンターごしに向かい合ってすわっている、ヨウヒにたずねた。

「どうやってなんとかするの？　ぼくの言ったこと、みんなしっかり覚えてるよ。なかったことにでもならないかぎり、ぼくの立場は危《あや》ういよ！」

「そうですね。おっしゃるとおり、今のトウリさんの発言を、みなさんが覚えてなかったことにすると、ここは切りぬけられるでしょう。」

ヨウヒがうなずいた。

「しかし、それではトウリさんは、いつかまた同じようなことをやってしまうでしょう。あなたが気持ちをコントロールできないかぎりはね。」

「ぼくの気持ちをコントロール……。」

トウリは、うっと顔をしかめた。言われたらそのとおりだ。イヤなところを言いあてられてしまった。

「……つまらない話とか、ムダなことを聞かされると、どうしてもムカついてさ。イラッときてしまうんだ。ガマンできないときがあるんだよね……。」

「ですから、トウリさん。あなたがガマンせず、気持ちよくすごせるような術《じゅつ》をかけますよ。」

ヨウヒがなんでもないことのように言った。

「え、そんな術、かけられるの？」

「はい。コトバの力をかりれば、たいていのことはなんとかなりますから。あなたがムダだと思うコトバが、飛んでいく術なんてどうですか？　あなたが話を聞いて、これは大事なことだ、最後まで聞こうと思えばそうすればいい。でも、これはムダだ。聞く必要がない。そう思ったら『ムダ！　飛んでけ！』と念《ねん》じてください。そうすれば、聞きたくないコトバは枯《か》れ葉《は》になって飛んでいきます。」

「ええ？　いらないコトバが枯れ葉に？」

トウリは目を丸くして、ヨウヒの顔をまじまじと見た。ヨウヒのひとみはゆらぎがなく、真剣《しんけん》かつ自信に満《み》ちていた。

「本当にそれができたら、問題解決《もんだいかいけつ》だけど。あ、でも、ぼくが失敗して言ってしまったコトバは枯れ葉にはならないんだよね？」

「はい、あなたのコトバに術は効《き》きません。でもご心配なく。あなたが、れいの発言をする直前の時間にもどしますので、そこはうまく対応《たいおう》できますよ。ええと……。」

ヨウヒはうつむいて、本のページをめくるしぐさをした。

（あれ？　本、見えないんだけど！）

ヨウヒはなにもない空間で、そこに分厚い本があるかのような動きをしていたが、やがて、手を止めた。

「やっぱりこれね……。トウリさん、じっとしててくださいね。」

ヨウヒはトウリに向き直ると、両手をぐっとにぎった。

そしてその手をトウリの顔の前で、ぱっと開いた。手のひらに、それぞれ漢字が見えた。左手には「語」、右手には「飛」という字だ。どちらもあざやかな赤色で、字のはしっこのほうが茶色くちぢれている。

「語飛《かたるがとぶ》のコトバ！　なんとかしてください!!」

ヨウヒがさけぶと、「語」と「飛」はふわっと宙《ちゅう》におどり出た。

トウリはぽかんと口を大きく開けて、その二文字が、風の中の落ち葉みたいにくるくると回転するようすを見ていた。字たちはトウリの鼻先やほっぺたを、からかうようにくすぐったかと思うと、するんとトウリの口の中に入った。

（え？）

びっくりして口を手でおさえた。

（字をのんじゃった！　どうしよう！）

そう思った瞬間《しゅんかん》、トウリは自分が教室の中にいるのに気がついた。

おそるおそる見回すと、そこは六年一組のいつもの教室、いつもの顔ぶれだ。

「曽根くん。」

山本先生が、トウリを呼んだ。

「あ、はい！」

「今、夢中になっているものはなんですか。」

ハッと、身がまえた。

（ぼくが発言する前の時間にもどってる！　ヨウヒの言ったとおりだ！）

トウリは、いったん大きく息を吸《す》った。

「読書です。」

トウリの返事を聞いても、だれも大きな反応をしなかった。それはそうだろう。みんなトウリが休み時間に、いつも本を読んでいるのを見ているから意外じゃない。

ちらっとサホのほうを見たら、ふつうにうなずいていた。

「曽根くんらしいね。」

山本先生はかんたんにそうコメントした。

(よし！　うまくやり直せたぞ！)

トウリは、ほっとした。山本先生はそのあと、子ども時代の読書はとても大事だという話を始めた。さらに自分が小学生のときに好きだった本の話につながっていった。

(わあ、まずい話になったよ！　スイミングが好きですって言うべきだった！)

山本先生はキライじゃない。ふだんの授業はテンポがよくて、サクサク進むからだ。でも、読書の話になるとべつだ。昔好きだった本の話を始めると、とくに長くなる。

「だからきみたちも、自分の心の友だちになる本を見つけるといい！」

山本先生は楽しそうに話している。まだまだ話は続《つづ》きそうだ。

――これはムダだ。聞く必要がない。そう思ったら『ムダ！　飛んでけ！』と念じてください。そうすれば、聞きたくないコトバは枯れ葉になって飛んでいきます。

ヨウヒのコトバがよみがえった。

（よし、ためしてみよう！）

トウリは、話している山本先生の口元を見ながら、心の中で言った。

――ムダ！　飛んでけ！

すると、山本先生の声がふっと消えた。そして話していたコトバがはしから、うすい葉の形になった。葉っぱは一瞬で枯れた色になり、重なり合ってカサカサとかわいた音をたてた。

（わわっ、本当に枯れ葉になった！）

見るまにコトバの枯れ葉は風に乗って、どこかに飛んでいってしまった。

あぜんとしていると、授業の終わりを告《つ》げるベルの音が耳に飛びこんできた。

「おっと、話しすぎた！　今日は、ここまでだね。」

山本先生が言い、授業は終わった。

（この術、なんだっけ？　「語飛」の術？　すっごくいいな！）

その日、トウリはごきげんで家に帰った。

帰り道では「ごみ警察《けいさつ》さん」と呼ばれている近所のおばさん（同じ町内の人のごみの捨《す》て方《かた》についてえんえんと話すのでみんなにさけられている）につかまったものの、枯れ葉の舞《まい》を見ていると、ストレスもあまり感じなかった。

（ニコニコ優しく話を聞いてるって思われて、ますますぼくの印象《いんしょう》がよくなるかもな。この術、本当に使える！）

帰ってすぐに自分の部屋にもどろうとしたら、母さんに呼び止められた。

「サホちゃん、来たわよ。」

「あ、そう？」

「なんか、話したいことあるみたいだよ。」

「へえ？　なんだろ。」

学校で話さずに、わざわざ家に来るなんて。

サホはいつもみたいにリビングに上がりこまず、玄関《げんかん》にじっと立っていた。やけにしんみょうな顔つきだ。

「どうしたの？」

するとサホは思い切ったように、話し出した。

「あのね。二人だけのときに、言おうと思ってたことがあって……。」

そう言うサホの顔を見てハッとした。目がうるんでいて、ほっぺたが赤い。

（こんなサホの顔、見たことない。もしかして……。）

告白《こくはく》かも？　そう思ったら、ドキッと心臓がはね上がった。

「わたし、その、トウリのこと……。」

「う、うん。」

せいいっぱい、なんでもない顔をしているが、ドキドキが大きすぎて、息がうまくできなくなってきた。するとサホが、真剣な顔でこう言った。

「心配で。わたし以外友だち、いないから。」

がくっと、ひざが折《お》れて前のめりになった。

（な、なんだよ、それ。）

期待したことがすごくはずかしかったし、がっかりした自分にも腹《はら》が立った。

「だからこの先さ……。」

（なんで急にこんなつまらないことを言いに来たんだ。）

今朝は姉さんに、「親しい友だちにたいしても、そういう態度なら、あんたきらわれるよ。」と言われて、ムカッときた。サホにまで、そんなことを言われたくない。

（これ以上の話はムダだ！　飛んでけ！）

そう思ったとたん、サホの声が消え、その口から出るコトバは、はらはらと枯れ葉になってトウリの前で宙を舞《ま》った。

サホのコトバの葉は、『なんとかなる本』の表紙みたいに真っ赤だった。しばらく赤い葉が舞い飛ぶのを見ていたが、サホがなにか言いながら、つうっと涙《なみだ》を流し始めたので、ぎょっとした。

（な、なんだよ！　泣《な》くような話じゃないだろ！）

トウリがだまって見ていると、やがてサホはあきらめたように口を閉《と》じた。そして、しゃくり上げながら、家を出ていった。

（サホってときどき姉さんぶってめんどくさいこと言うからな。よけいなお世話だ。でもなんで泣いたんだろう？　めったに泣かないのに……。）

トウリは首をかしげて、自分の部屋にもどった。

ムダなコトバを飛ばして、ずっといい気分だったのに、なんだかスッキリしない。

（でもまあ、サホのことだから。明日になったら、きげんが直って、ふつうに話してくるだろうな。今までもそうだったし。）

トウリは、気を取り直して、今日の宿題に取りかかった。


次の日。トウリは、登校する道の前をサホが歩いているのに気がついた。やはりこの近所に住む、同じクラスのコユキと、おしゃべりしながら歩いている。

声をかけようとしたら、サホがトウリを見るなり、すっと横を向いた。そしてなにごともなかったみたいに、コユキに話し始めた。コユキは、いつもとちがうサホとトウリのようすに、とまどった顔をしていた。

（なんだよ、サホのやつ！　まだ、怒ってるのか？）

今までサホに無視《むし》なんか、されたことがないのに……。あぜんとしたが、一拍置《いっぱくお》いて、ムカッときた。

（友だちがいないとか、いきなり言いに来て、その態度はなんだよ！　もう、サホの言うことなんか、なにも聞きたくないからな！）

トウリは、サホに背《せ》に向かって、強く念じた。

（サホのコトバ、全部、ムダ！　飛んでけ！）

するとサホの声はすぐに消えて、聞こえなくなったが、今度はコユキ一人の声が耳についた。コユキは小声でこう言っていた。

「ねえ、サホちゃん。なんかあった？　トウリくんとケンカでもしたの？　え、マジ、そうなの？　でも、こんなタイミングで……。」

（うるさいなあ！　ほうっておいてくれよ！）

コユキが学校に行ったら、仲のいい女の子たちにすぐにこのことを話すだろう。なにしろコユキはクラス一のおしゃべりだし、サホとトウリは実はつきあってるんじゃないかというううわさを広めたのもコユキとその仲のいい女子グループだ。

(ようし、コユキたちおしゃべりグループみんなのコトバを全部、枯れ葉にして飛ばしてやる！　そしたら、イヤなことが耳に入らなくてすむぞ！)

トウリはそのとおりに念じた。


トウリは教室に入るなり、サホとコユキたち、おしゃべりグループの声がないだけで、こんなに静かなんだ！　と感心した。

(これなら、いい感じで教室で過《す》ごせるかも。)

初《はじ》めはそう思ったが、そううまくはいかないことがだんだんわかってきた。

サホとコユキたちは案《あん》の定《じょう》、みんなを集めてなにかずっと話している。ときどき、ちらちらトウリのほうを見るのが、うっとうしい。

しかも、なぜかいつにも増《ま》して熱心《ねっしん》に話し合って、クラスのほかの子たちをわざわざ呼びよせたりしている。

（そうだ、いっそ、クラスみんなのコトバを枯れ葉にしてもいいかも！　どうせ、今日は委員会とか部活もないし、先生以外、だれの話も聞く必要ないもんな。）

それで、昼休みにこう念じた。

（もうみんなムダ！　クラスのみんなのコトバ、全部飛んでけ！）

そのとたん、にぎやかなざわめきがスン、と消え去った。

となりの教室からの物音や話し声が聞こえるものの、なんとも静かだ。

（うっわあ、ムダな話が聞こえないって、いいなあ。なごむよ。）

ほっと息をついて、トウリは教室を見回した。

大変《たいへん》な量《りょう》の枯れ葉が部屋のあちこちでうずまいたり、はげしく上下したり、小さな嵐《あらし》みたいで見ごたえがあり、ちょっとおもしろかった。

終わりの会のときに、ふいにサホがみんなの前に出てきた。そして、まじめな顔つきでなにか言い始めた。

先生も、みんなも、うなずいてサホの話を聞いている。

(サホ、クラス委員だもんな。どうせクラス委員からのお知らせだろ。)

クラス委員からの伝達事項《でんたつじこう》は、たいていはプリントで配られた「お知らせ」の念押《ねんお》しだ。これもちゃんとプリントを見ていれば必要のないことだ。

(早く、終わらないかな。話、長いんだけど。)

トウリはわざとそっぽを向いて、話が終わるのを待った。

すると、がたん、と、いすが鳴る音がした。おやっと思ったら、コユキが手になにかを持って、サホのほうに進み出ている。コユキが、ピンクのふうとうをサホに手わたした。

(手紙?　なんで今わたすの?)

ほかの女の子たちもいっせいに立ち上がって、サホのまわりに集まり、取りかこんだ。コユキみたいに手紙をわたす子もいれば、リボンのついたカードをわたす子、花の形に折った折り紙をわたす子もいた。

サホは、みんなにかこまれて笑顔《えがお》になったが、すぐにその目から涙を流した。ほかの女の子たちも、つられて泣き始めた。

(え、え、え？　なに、それ。誕生日《たんじょうび》？　じゃないな。どういうこと？　なんで？)

先生がなにか言ってくれないかと思ったが、だまってみんなを見守っている。

ちょっと枯れ葉を止めて、話を聞こうかな。そう考えてトウリは、ギクリとした。

(あれ？　この術って、どうやって解《と》くんだ？　解き方、聞いてないぞ！)

あわてて、トウリは心の中で念じた。

(クラスのみんなのコトバ、もどってこい！)

だけど、なにも起こらなかった。あいかわらずクラスは静かで、黄色っぽいのや緑がかっているのや灰色《はいいろ》じみているのや……さまざまな枯れ葉が、手を取り合っている女の子たちを取りかこむように、大きく円を描《えが》いて飛んでいる。

(「語飛」の術よ、解けろ！)(枯れ葉はもういい！　ムダじゃない！)

いろんな言い方で念じてみたが、ダメだった。

(今まで、話がひととおり終わったら、みんな、術が解けてたじゃないか。あせらなくても、話が終わったらまた復活《ふっかつ》するさ。)

いっしょうけんめい、自分にそう言い聞かせたが、話が終わっても術は解けなかった。女の子たちが、それぞれ自分の席にもどっても、事態《じたい》は変わらない。

そのとき、トウリは思い出した。

（待てよ。今日はぼく、みんなに術をかけたとき、「飛んでけ！」だけじゃなくて「全部飛んでけ！」って言ったぞ、たしか。そのせいで、本当に全部のコトバが枯れ葉に？　じゃあ、この先もずっと……みんなが……サホがなにを言ってるかわからないままなのか？　そんな。そんなつもりじゃ。いつでも、元にもどせるって思ってて。）

がたたん！　いっせいにいすが鳴って、みんなが立ち上がった。ハッと見回すと、いつのまにか終わりの会も終了《しゅうりょう》していた。

サホのまわりを女の子たちが取《と》り巻《ま》いて、ずっとなにか話している。

（話しかけようか。こっちが言うことは伝《つた》わるし。でも、なんて言ったら？）

どうしていいかわからない。ぼうぜんと席に着いたまま、サホのほうを見ているトウリに、山本先生が心配そうに話しかけてきた。

「曽根くん。だいじょうぶ？」

「あ、はい！」

「曽根くんは友谷さんと仲がよかったから、はなれるのはさみしいだろうけど、明るく見送ってあげようよ。そんなに遠くに行くわけじゃないし、引《ひ》っ越《こ》しても仲よくできるさ。」

山本先生のコトバに、トウリはこおりついたように動けなくなった。

(引っ越し？　サホが？　そんなの聞いてないよ！　なんでサホ、教えてくれなかったの？)

そうさけびたかった。そこで、はっと思い出した。

この前、スイミング教室から家に帰ったら、サホが、なんだか深刻《しんこく》な顔つきで母さんや姉さんと話しこんでいた。サホがなにか言いたそうな感じで、こっちを見ていたけど、トウリは知らんふりしてさっさと二階の自分の部屋に上がった。

(このところ、よくサホ、家に来てたのはもしかしたら、引っ越しの話をしたかったからかも。)

昨日だって、サホが来たのは……引っ越しの前に、二人で話したかったからかも。

気がついたら、教室にはだれもいなかった。サホもコユキといっしょにとっくに帰ったようだった。トウリは、かべのかけ時計を見て、自分がとても長くぼんやりしていたのを知った。とぼとぼと、うつむいて家に帰った。

ただいま、と言ってもだれもこたえない。家の中はしんとしていた。

（そうか。今日は金曜だっけ。母さん、お店の当番、遅番《おそばん》の日だし。姉さんも父さんも……まだまだ帰ってこないよな……。）

キッチンのテーブルには、晩《ばん》ごはんのおかずが、ラップをかけて置いてあった。煮《に》物《もの》がこんもり盛られた大きなはちの横に、メモ用紙が置いてあった。見ると、母さんの字でなにか、書いてある。

トウリへ
サホちゃんは明日の朝、引っ越すんだよ。その前に、ちゃんと話しなさい。気持ちはコトバにして伝え合わないとダメだよ。

そのメモ用紙をにぎって、トウリはその場にしゃがみこんだ。

——心配で。わたし以外友だち、いないから。

サホのコトバがよみがえった。

（サホは、本気で心配してくれてたんだ。じっさい友だちって言えるのは、サホだけだもんな。）

——だからこの先さ……。

その続きはなんだったのだろう？　お別《わか》れのコトバだったのだろうか。それとも、引っ越しても、友だちでいようという話だったのだろうか？　でもその話の間中、トウリはぼんやり枯れ葉を見てて、返事もしなかった。サホが怒るのもしかたない。

（あのとき、もうちょっとサホのコトバを聞いていれば……、いや、今からでも、サホがあのときなんて言ったのかわかれば。……そうだ、ヨウヒに聞いたら、教えてくれるかも？）

トウリはキッチンのかべに向かってさけんだ。

「ヨウヒ！　どこにいるの？　すぐに聞きたいことがあるんだ！」

すると、トウリのにぎっていたメモ用紙がずいっと大きくなり、手ざわりがかたくなった。

（えっ⁉）

トウリの手の中にあったのは、あの本……教科書サイズで真っ赤な表紙の『なんとかなる本』だった。トウリは夢中になって、本のページをめくった。

――あなたは今、なんとかしたいことがありますか？

その一文を見るなり、トウリはどなった。

「あるある！　大ありだ！　今すぐなんとかしたいんだ‼」

はっと気がつくと、トウリは樹本図書館の真ん中あたりに立っていた。

「トウリさん、こっちです。」

声のするほうを見ると、ヨウヒが本棚のそばに立って、手招《てまね》きしていた。

「ヨウヒ！　なんとかしなくちゃ！　サホが、明日の朝、行っちゃうんだ！」

トウリはヨウヒのそばに走っていった。

「今すぐ術を解いてほしいんだ！　それから、前に枯れ葉にしちゃったサホのコトバを、なんとか知りたいんだ。サホがなんて言ってたのか、今からわかる？」

「わかりますよ。ただ、枯れ葉は一か所に集めてありますから、そこからさがし出さないといけませんが。たくさんの枯れ葉の中から、サホさんのを見つけられますか？」

「……やってみるよ。ここにいる間は、時間を気にしないでいいんだよね？」

ヨウヒはこっくりうなずいた。

「では、ご案内します。」

ヨウヒは、目の前の本棚の、下のほうの段《だん》をぐいっと手前に引いた。ぎっしり本のならんだその棚が、部屋のとびらになっていた。

トウリはヨウヒに続いて、本棚の向こうの部屋に足をふみいれた。そこは、学校の教室ぐらいの広さの部屋だった。

部屋の真ん中には、たくさん枯れ葉がつみ上がっていて、ほかにはなにもない。窓《まど》も照明《しょうめい》もないが、なぜか真昼のような明るさだ。

「このスコップで葉をすくえば、だいたいそのときの会話がひとまとまりに取れます。すくえばすぐ、そのコトバが再現《さいげん》されますよ。」

そう言って、ヨウヒはトウリの手に、なにかかたいものを置いた。それは透明《とうめい》なスコップだった。トウリがにぎると、キラッと光を反射《はんしゃ》して、スコップの形がはっきり見えた。

「これでお好きなだけ、さがしてください。ああ、だけど、そのスコップは手をはなすと見えなくなりますから、気をつけてくださいね。二度と見つからなくなりますから。終わったら、声をかけてくださいね。」

ヨウヒはそう言って、ドアを閉《し》め部屋を出ていった。

残《のこ》されたトウリは、枯れ葉の山を前に、ぼうぜんとした。思っていたよりもたくさん葉がある。この中のどれが、サホのコトバなんだか、見当もつかない。

（でも、やるんだ！）

トウリは枯れ葉の山に、スコップをつっこんで、すくった。

するといきなり、部屋中にだれかの声がひびいた。

――サホはトウリくんとケンカしちゃったの？

（わ、これ、コユキの声だ！）

――サホ、最後にちゃんと気持ちを伝えるって決心したのに。

――うまく話せなかったの？　トウリくんになにか言われた？

（おしゃべりグループが、教室で、こっちを見ながらひそひそ話してたときの会話だな。ちぇっ、こんな話は聞きたくないな。）

べつの枯れ葉をすくい直そうかと思ったときだった。

――いいんだよ、もう。

サホの声が入ってきた。トウリは、ハッとして、スコップをにぎり直した。

――トウリ、返事もしなかったよ。わたしって、いてもいなくても変わらない相手だったみたい。仲がいいって思ってたのはわたしだけだったんだ……。

サホの悲しそうな声が、ふっととぎれた。

見るとスコップの中の枯れ葉は、ぱらぱらっと粉《こな》みたいに細かくくだけ、空気の中に消えていった。

そのあとトウリはかたっぱしから枯れ葉をすくっては、コトバを聞いた。

――ごみ捨て場がカラスに荒《あ》らされたあとのそうじ、だれもやってくれないんだもの。おばさん一人でがんばってるけど、もう腰《こし》がいたくて……。

――先生は読んだ本で、いろんな考え方があることを知った。それがきっかけで教師《きょうし》になろうと思った。読書にかぎらず、今、みんなが好きなこと、夢中になっていることは、将来《しょうらい》の自分の一部分を作ることになると思うよ。

――サホ、元気出して。でさ、転校先でカッコいい子を見つけたら、すぐ報告すること！　トウリくんよりカッコよくって、サホに優しい子はきっといるよ！

――ビデオ通話だったら、顔見ながら話せるからいいよね。そうだ、みんなでリモート女子会しようよ！　お菓子《かし》いっぱい食べながらさ！

いろんな人のいろんなコトバがよみがえっては、消えた。

どのコトバも、トウリが「どうせこんなことを言ってるんだろう。」と、思っていたこととちがった。そしてどの人も、トウリがこうだと決めこんでいたような人ではなかった。

コトバを聞いては枯れ葉をすくい、また聞いてはすくいを続けているうちに、少しずつ枯れ葉の山は小さくなっていった。

すると、黒っぽい枯れ葉のすきまから、真っ赤な葉の先が、飛び出しているのが目に飛びこんできた。

(これ……『なんとかなる本』の表紙の色と同じ!)

サホが泣きながら話したときに、舞い飛んでいた葉が、たしかこの色だった!

(これだ! これがきっと、あのときのサホのコトバの葉だ!)

思わず葉に手をのばし、つまみ上げてからしまったと思った。スコップをはなしてしまったのだ。

スコップは見えなくなってしまった。赤い葉をポケットにつっこみ、あわてて枯れ葉の中に手をつっこんでかき回した。だが、スコップはどんなにさがしても見つからなかった。

(どうしよう。手をはなしたら二度と見つからないって言われてたのに!)

泣きたい気持ちでしゃがみこみ、頭をかかえた。そのままの姿勢《しせい》でトウリはしばらく考えていたが、ぐっと口を一文字に結《むす》んで立ち上がった。

「ヨウヒ！　終わったよ。」

とびらを開けて、ヨウヒに声をかけた。やってきたヨウヒは、トウリの顔をじっと見つめてたずねた。

「目的《もくてき》のコトバは聞けなかったようですね。スコップを見失《みうしな》ったんですか？」

「そうなんだ。あせってしまって。チャンスをくれたのに、ごめんなさい。でも、もういいんだ。」

「もういい、とは？　あきらめるということですか？」

「いや、あきらめない。今すぐサホに会って……直接聞く。」

きっぱりと言い切ったトウリに、ヨウヒはうなずいた。

「そうですか。では、お帰りください。」

ヨウヒは「帰」という字を、ささっと空中に指で書いた。

その字がぽわっと光ったかと思うと、トウリはサホの家の前に立っていた。

トウリは、大きく深呼吸《しんこきゅう》してから、インターフォンを鳴らした。サホは、びっくりした顔ですぐに家から出てきた。

「昨日はごめん。っていうか、今までずっとサホの話を聞こうとしなくてごめん。」

サホの顔を見るなり、コトバが次々、考えるより先に飛び出した。

「ぼく、ずっとサホは近くにいて、話そうと思えばいつでも話せるんだって思ってた。でもそんなのまちがいだった。近くにいたって、ちゃんと話を聞いたり、自分の気持ちを話したり、しなくちゃいけなかった。『気持ちはコトバにして伝え合わないとダメだよ。』って、母さんからも注意されたよ。だからその……教えてほしいんだ。」

いっしょうけんめい話すトウリの顔を、サホは首をかしげて見ていた。

「昨日、なにを言いたかったのか……。ごめん、昨日の話も、聞いてなかったんだ。」

「聞いてなかったの?」

あきれたようすで、サホが言った。

「やっぱり！　そういうところがダメなんだよ。そんなんじゃ、本当に一人ぼっちになるからね！　わたし、もう、遠くに行っちゃうんだよ！」

かあっと火がついたように、サホがさけんだ。

「この先、わたしがいなくなっても、トウリだいじょうぶなの？　平気なの？　それが聞きたかったんだよ。でも、きっとぜんぜん平気なんだよね？」

「平気じゃない！　ぜんぜん平気じゃないよ！　めちゃくちゃさみしいよ！」

トウリは必死で、そう答えた。すると、サホがうなだれた。

「……わたしだってさみしいよ。ずっと近くにいたのに。はなれるのイヤだよ。」

そう言って今にも泣き出しそうに顔をくしゅっとゆがめた。

「……メッセージを毎日送るよ。それから、転校先にぼくよりカッコよくて優しいやつがいたらすぐに報告して。」

すると、サホがきょとんと目を丸くした。

「え、なんで？」

「そいつがサホと、ぼくより仲よくならないように、注意するため。」

「……そんなの……。」

最後まで言わずに、サホが手のひらを、自分の口におしあてた。サホのほおや耳がほわっと赤くなっている。

「そうだ、これあげる。本のしおりとかに使えば？」

そう言ってトウリはポケットから、一枚の葉を取り出し、サホにわたした。

「トウリが葉っぱなんか拾うの、めずらしいね！　でも、……ありがとう。」

サホは、もらった葉っぱ

を手のひらに置いて、そっとなでた。夕日をあびた真っ赤なその葉はキラキラと照《て》りかがやいて、とても美しかった。

「よかった……。うまくいきました。」

モニターに顔をよせて、真剣に二人のようすを見ていたヨウヒは、ほっと息をついた。

「ちゃんと気持ちをコトバにさえできれば、この二人はいっそう仲よくなれるはずだと思っていましたけどね。」

「それはだいじょうぶだろうなって、わたしも思ってましたけど。あの葉っぱ、回収しなくていいんですか？　術で出したものですよね？」

カウンターで、ヨウヒの横にすわっていたバダさんがたずねた。

「まあ、あれぐらいはいいでしょう。二人ともあんなにうれしそうなのに、今から消してしまうのもね。」

「まあ、そうですよね。ここであの葉を二人から取り上げたら、この案件《あんけん》を読んだ読者から抗議《こうぎ》されそうですし。」

バダさんが、システム機器《きき》につながっているコードをゆらゆらさせて、うなずいた。

「ではデータを本の樹に送って。」

ヨウヒは、キーボードのエンターキーを、いきおいよくたたいた。

「これで『語飛』の案件、終了。」

三冊《さつ》目《め》

一人がこわいさんと満欠《みちてはかける》のコトバ

――ナズナ、ごめん。今日はあんなこと、言うつもりじゃなかった。

夜九時。セリは床にすわりベッドによりかかって、自分が打ったそのコトバ……送ろうとしていたメッセージの文章を見つめて、またため息をついた。

(やっぱりダメ。言いわけになっちゃう。)

セリはその文を消した。さっきから、何回も消しては打ち、打っては消している。スマホをにぎる手は、あせでベタベタだ。

(落ち着こう。それに今メッセージを送っても、ナズナ、いそがしいかも。)

セリは、スマホをふせて足元に置《お》いた。

そう、ナズナはいそがしい。好奇心《こうきしん》が強いし、興味《きょうみ》を持ったことには、少しもためらわずに飛《と》びこんでいく。新しい人と出会うことをこわがらない。セリとは正反対だ。今だってセリの知らないだれかと、やりとりをしているかもしれない。

(きっと、わたしのことなんか、思い出しもしていないよね……。)

そう思ったとき、ぶるんとスマホが振動《しんどう》した。飛びつくようにしてスマホをつかみ、画面を見たら新着クーポンのお知らせだった。がっくりと力がぬける。

（いつからこんなふうになっちゃったんだろう。……やっぱりクラスがえかな。このまま気まずくなって、ナズナが、わたしのことをどんどんキライになっちゃったらどうしよう。そしたら、また、あのときみたいに……。）

あれは、もうすんだこと……小学生のころのことだ。それに、ナズナはあんな子たちとはぜんぜんちがう。わかっていても、あのときのことを思い出すとぞうっとして、心ががりがりとけずられるような気持ちになる。

（こわいよ、ナズナにきらわれたくない。一人になりたくない。）

セリは、スマホを持ったままベッドにたおれこんだ。

（わたしどうしたらいいの？　だれか、なんとかしてよ！）

ぎゅっと目を閉《と》じて、心の中でそうさけんだ。

すると胸《むね》におしつけていたスマホが、むくむくっと大きくふくれた。

「え？」

びっくりして起き上がった。セリの手の中には本があった。けっこう厚《あつ》くて、あわい紅色《べにいろ》のかたい表紙だ。

（な、なにこれ。どこから出てきたの？　こわい！）

ベッドの上にほうりなげたその本は、『**なんとかなる本**』というタイトルだった。

セリはベッドから飛びおりて、ママを呼《よ》びに行こうとした。

すると風もないのに、ぱらりとページがめくれた。開いたページに一行、文章があった。

——あなたは今、なんとかしたいことがありますか？

（なんとかしたいこと？　あるに決まってるよ！）

セリはくちびるをかんだ。

「……でも、なんともならないんだよ、どうせ。」

そうつぶやいたときだった。

ベッドの上のその本が、ずずずっとベッドからはみ出すぐらい大きくなった。そして、ページのはしがのび、白くてきゃしゃな手の形になった。

郵便はがき

料金受取人払郵便

小石川局承認

1124

差出有効期間
2025年4月
12日まで

112-8731

東京都文京区音羽二丁目
十二番二十一号

講談社　第六事業局　第二出版部
青い鳥文庫編集チーム　行

お名前	年齢　歳	学年
	性別 1 男　2 女	

この本の書名をお書きください

TY 000078-2303

愛読者カード

これから出版する本の参考にさせていただきます。
あなたのご意見・ご感想をぜひおきかせください。（切手はいりません）

●この本を何でお知りになりましたか？

1　書店で実物を見て　2　新聞・雑誌の広告で　3　友人・知人から

4　インターネットで（サイト名　　　　　　　　　　　　　　　）

5　書評で（新聞・雑誌名　　　　　　　　　　　　　　　）

6　その他（　　　　　　　　　　　　　　　　　　　　）

●この本をお求めになったきっかけは？（〇印はいくつでも可）

1　著者　2　書名　3　表紙　4　本の作り　5　帯の文章

6　先生や親にすすめられたので　7　書評を読んで

8　プレゼントされた　9　その他（　　　　　　　　　　）

●最近読んでおもしろかった本のタイトルを教えて下さい

●著者へのメッセージ、この本のご感想などをどうぞ

●感想を広告やHP、本のPRに使わせていただいてもよろしいですか？

1　実名で可　　2　匿名で可　　3　不可

――ご協力ありがとうございました――

こおりついているセリに、ページの手は、おいでおいでと手招《てまね》きした。セリは、動けない……はずだった。それなのにどうしてか勝手に足が動いて、本のほうによろよろと近よった。

ページの手は、セリの手を優《やさ》しくつかんだ。そしてくいっと、本の中にひっぱりこんだ。

（ヤダ！　なんでこんなところに。）

よくわからないところに来てしまったセリは、身をすくめた。

見回したその場所は、不気味《ぶきみ》なところだった。本棚《ほんだな》らしきものが見えるので、屋内だと思ったら、大きな木が見える。それものびた枝《えだ》の先に、角《かく》ばった……あきらかに木の実じゃないヘンなもの……がぶら下がっている、ぞっとするような木だ。

（こわい！　ここどこ!?　なんでわたしがこんな目にあうの？）

なにも見たくなくて両手で目をおおったとき。

「セリさん、こんにちは。樹《き》本《ほん》図書館にようこそ。」

すぐそばで女の子の声がした。おそるおそる顔を上げたら、めがねをかけた小学五、六年生ぐらいの子が、セリの前に立っていた。

(わたしの名前、なんで知ってるの？　それにここ、図書館なの？)

聞きたかったが、のどがふさがったみたいになって、コトバが出なかった。

「セリさんは、なんとかしたいことがありますよね？　だからここに来たんです。『なんとかなる本』を通してね。ここは図書館ですが、人間には本を貸《か》し出《だ》しません。その人のこまったことの相談にのり、なんとかなるように力を貸す場所なんです。」

その子は、おだやかに、ゆっくりと説明《せつめい》した。

「なんとかなるように力を……。」

セリはようやく声が出た。

「じゃあ、わたし助けてもらえるんですか？　すごくつまらない、バカみたいななやみでも？」

「あなたが今こまっていることは、決してつまらなくも、バカみたいなことでもないはずです。とても大事なことですよね。そうでなければ、ここには来ません。」

きっぱりと言われたそのコトバが、とん、とやわらかくセリの胸にひびいた。すると、正体もよくわからない相手だけれど、その子に自分のことを話したくなった。

「……話を聞いてもらえますか？」

「もちろんです。ではあちらの相談カウンターのほうにどうぞ。ああ、わたしはこの図書館の司書《ししょ》で、一級コトバ使《つか》いの葉飛《ヨウヒ》といいます。」

大人みたいに、きちんとヨウヒがあいさつしてくれた。

わたしは、ナズナと出会って、人生が変《か》わったんです。

ナズナと初《はじ》めて会ったのは、入学式の日です。華遙《かよう》学園中学部……中高一貫《いっかん》の私立《しりつ》の女子校なんですが、この学校に合格《ごうかく》できて、わたしはとてもほっとしていました。

わたしが通っていた公立小学校の子が、だれもいないからです。

とはいえ、華遙学園の生徒《せいと》はお金持ちの子が多いという話も聞いていたから、不安もありました。うちは両親ともふつうの会社員で、華遙学園の学費《がくひ》は祖父母《そふぼ》に助けてもらってます。会社の社長とか、有名な大学教授《きょうじゅ》とかの子なんかと、うまくつきあえるだろうか？

やっぱり、だれのことも信《しん》じられなくて、心をゆるせない毎日になるんじゃないか。結局《けっきょく》は前と同じになるかも……。

そんなふうに思ったら、急に足がすくんでしまって。これから入学式が始まるというのに、講堂《こうどう》の入り口で、動けなくなってしまったんです。

そのとき、つん、と肩《かた》をつついてきた子がいました。それが湊《みなと》ナズナでした。

「えーっと、あなた桜組《さくらぐみ》、なんだよね？　深山《みやま》セリさん。」

ナズナはわたしの名札《なふだ》を見ながら聞いてきました。

「わたしもなんだ。桜組はあっちだよ。急ごう！」

そう言って、軽くわたしの腕《うで》を取り、さっさと歩き出しました。わたしは、ふわふわと空中を歩いているみたい。ナズナに連《つ》れられて、講堂の中に入り、桜組の子たちがすわっている席《せき》のなかほどに、ならんですわりました。

「迷子《まいご》を救出《きゅうしゅつ》してきた！　入学早々、善《よ》きことをしたなあ。」

ナズナが言うと、まわりの子たちが笑《わら》いました。ナズナがあまりに気楽に話すので、てっきりみんな、同じ小学校からの友だちなんだと思ったのですが、実は全員と初対面《しょたいめん》だと聞いてびっくりしました。でも、ナズナはそういう子なんです。

あっというまにその近くにいた子たちとうちとけ、わたしにも笑顔《えがお》で話してくれて。そのおかげでわたしは、なんとなくクラスにとけこむことができました。

わたしはナズナに感謝《かんしゃ》しながら、でも少し警戒《けいかい》していました。というのは、仲《なか》がいいと信じていた子たちが、わたしの悪口で盛《も》り上《あ》がっているのを聞いてしまったことがあるのです。

「セリ、ほんっと、うざいよね。六年生にもなって親と仲よし自慢《じまん》はないよ。」

「ほんといい子ちゃんキャラ全開で、ムカつく。あのママとおそろいトートバッグ、だっさー。」

「だよねえ。大事そうにしてさ！　シミつくのがそんなにイヤだったら、持ってくんなって感じ。今度は給食《きゅうしょく》のミートソースぶっかけて、もっと本気でよごしてやろうかな。」

「アハハ、それいい！　セリ、泣《な》いちゃうかも！」

その子たちとはずっと仲よし四人組でした。いつからそんなにきらわれていたのか、わからない。だって、わたしの前では三人ともニコニコしてましたから。

その日から三人と、こわくて話せなくなりました。するとわざとらしく、みんなの前でこう言われました。

「セリ、なんで急に冷《つめ》たくなったの？　さみしいよ。」

「もしかして、なんか、怒《おこ》らせるようなことしちゃった？　だったら、ごめんね。」

「セリ、きげん直してよー。また仲よくしようよ！」

あきれて返事できないでいると、「ヤダ、セリがにらんだ！　こわい！」「あやまってるのに、それはないよー！」なんてさわがれて。

あっというまにクラスのきらわれ者になりました。そのあとも、ひどかった。先生に本当のことを言っても信じてもらえず、みんながその子たちの味方で……。って、こんな話はもういいですね。

とにかくそんなことがあったので、あまりにもあっさりと仲よくなったナズナのことが、なかなか信じられなかったんです。本当は、「ダサイ子！」とか、「華遥学園の生徒らしくないよね。」とか、かげでわたしのことを笑ってるんじゃないか、なんて疑《うたが》ってビクビクしてたんですが……。

ある日、たまたまナズナと、二人だけで下校することになりました。いつもはほかの子もいるので、あまりしゃべらなくても目立たないのですが、二人だけというのは緊張《きんちょう》します。

（どうしよう。ずっとだまってると、暗い子だって思われるかも。でも、つまらないこと言うのも印象《いんしょう》悪いかも……。）

結局なにも言えないまま、いっしょに電車に乗っていました。するとふいに、ナズナが声を落として言い出しました。

「……ちょっと、言っちゃうけどさあ……。この学園の子たちって。」

（もしかして、だれかの悪口？　だったらイヤだな……。）

わたしは、自分の悪口を聞いて以来《いらい》、ほかの人の悪口を聞くのも、こわくなってしまったのです。

「……みんな話しやすいよね。深山さんも、そう思わない？　華遥学園に入れたはいいけど、みんなと仲よくなれるかなあって、ずっとドキドキしてたんだ。」

（え？）

あまりにも意外なコトバで、ついこう言ってしまいました。

「湊さんが、そんなことでドキドキしてたの？　本当に？　信じられない。」

すると、ナズナがぶうっとふくれっつらになりました。

「ちょっと、その言い方！　わたし小心者なんだって。深山さんみたいに落ち着いて大人っぽくないし！」

「ええ？　わたしが落ち着いてる？　そんなの言われたの初めてだよ！」

「そう？　自分の話はひかえめで、いつもニコニコみんなの話聞いててさー。優しいし癒《い》やされるし、好《す》きーって。ほかの子たちも言ってたよ。」

とすとすと、いくつもの細い矢が胸にささりました。いたくないし、ささったところからあたたかさが広がる、日の光のような矢です。

——優しいし癒やされるし、好きーって。ほかの子たちも言ってたよ。

とても信じられない。それって本当にわたしのこと？　うれしすぎて、のぼせたみたいに顔が熱《あつ》くなりました。

「……湊さんも、好かれてるよ。湊さんが現《あらわ》れると、ぱあっと明るくなるって。」

「え、本当に？　わあ、深山さんありがとう！　ううーん、おたがいほめ合うのって、いいねえ。自信《じしん》ついちゃう。もう、どんどんやろうよ！」

笑っていたら、わたしの降《お》りる駅に着きました。ナズナはいっしょにその駅で降りました。そこで気がつきました。

「……あれ？　湊さん、一個前《こまえ》の駅じゃなかった？」

「あ、ほんとだ！　話に夢中《むちゅう》で、乗《の》り過《す》ごしてた‼」

わたしたちはホームの真ん中で、おなかをかかえて笑いました。

そのすぐあとから、わたしたちは「セリ」「ナズナ」と名前で呼び合うようになりました。

ナズナの話はおもしろくて、話題が豊富《ほうふ》です。だけど、自分ばかり話さずに、人の話もおもしろそうに聞いてくれるので、話し下手のわたしでもついつい口数が多くなり、話がつきるということがありません。

元気がないと思ったら、さりげなく声をかけてくれる。なやんでいたら、いっしょに考えてくれる。でもおしつけがましいことは言わない。結局最後《さいご》は大笑いになる。

ナズナといると、自分までが明るくて前向きになれるし、ナズナといっしょなら、なんでもできるような気持ちになれました。

ナズナと出会って、人生が変わったとは、こういうわけなんです。


「なるほど。それはすてきな出会いでしたね。毎日が楽しくなったでしょうね。」

「はい、とても！　一年生のときは毎日が夢《ゆめ》のように楽しかったです。」

「一年生のときは、ですか？」

ヨウヒが聞き返すと、笑顔だったセリが、きゅっと息苦しい顔つきになった。

「……二年生になって。わたしは藤組《ふじぐみ》、ナズナは楓組《かえでぐみ》になったんです。同じクラスになれますようにって、ずっと祈《いの》ってたんですが、ダメでした。」

「クラスがちがって、なにか変わったんでしょうか？」

「……はい、それが……。」

セリはまた話し始めた。

さみしがるわたしにナズナは、「授業中、べつの教室にいるだけのことなのに。おおげさだよ。」って、笑いました。時間が合う日はいっしょに帰るし、部活もハンドメイドクラブ……かばんやポーチなんかを手作りする部活です……で、いっしょだし、お休みの日だって会えるし、なにも変わらないよって。

そうだよねって、わたしも気を取り直しました。じっさい二年の初めのころは、楽しかったです。おたがいのクラスであったことを報告《ほうこく》し合《あ》うので、むしろ話題が増《ふ》えました。

ナズナに誘《さそ》われて、SNSのアカウントも作りました。わたしはあまり投稿《とうこう》しませんでしたが、ナズナはしょっちゅう新しい写真をアップするので、それを見るのも楽しみでした。

ハンドメイドクラブで作った、わたしとおそろいのブックカバー。青空。カエルの形のグミ。読みかけの本。家族で買い物に行っているところ。

そういう写真を見ると、ナズナがいつも近くにいるみたいでほっこりしました。

それで……その日は連休《れんきゅう》だったと思います。ナズナが映画館《えいがかん》の前ではしゃいでる写真をアップしました。それを見て、あれ？　と思いました。はっきりと顔は写ってないけど、楓組の子たちといっしょみたいです。

（わたしも誘ってくれてもいいのに。）

でも写真に写っている映画のタイトルを見て、納得《なっとく》しました。はでな爆発《ばくはつ》シーンや建物破壊《たてものはかい》シーンが多いので有名なシリーズの最新作でした。わたしのすごく苦手なタイプの映画です。

（そっか、だからナズナ、誘わなかったんだね。）

改《あらた》めて、ナズナのアップした写真を見ました。みんな、楽しそうです。

（ナズナ、思いっきり盛り上がってる。わたしといっしょじゃ、こういうの見られないし……「セリがいないの、気楽でいいなあ。」なんて思ってるかも。）

見ているうちに、モヤモヤしてきました。

それからです。ナズナのSNSが気になるようになったのは。

楓組の子たちとまた遊ぼうって言い合ってたり、SNSでつながった相手と気楽にやりとりしてたりするのを見ると、チクチク胸がいたみました。

ナズナはわたしのことがどんどん、どうでもよくなっていくんじゃないか。そのうち、わたしなんか、いらなくなるんじゃないか。そんな不安がわいてきます。

（そしたら、またわたし、一人になる……。）

想像《そうぞう》しただけで、ぞうっとして、目の前が暗くなります。

「セリ、どうしたの？　シンドそうだけど、だいじょうぶ？」

昨日《きのう》は帰り道でナズナにそう言われて、ハッとしました。ナズナといっしょにいるというのに、モヤモヤしすぎて、ぼうっとしていたのです。

「あ、ごめん、ちょっと頭いたくて……。」

「そうなんだ。風邪《かぜ》かな？　じゃあ、早く帰ったほうがいいね。」

せっかくの土曜日なのに、おしゃべりもせず、すぐに別《わか》れて帰りました。

そして……今日、日曜日。ナズナのSNSを見ていたら、ぱっと新しい写真が現れました。英語《えいご》の絵本の写真です。

「今日は英語ボランティアの会の活動。今から区立図書館で小さい子たちに英語の絵本を読み聞かせだよ！　うまく読めるかなあ？」

（なに、それ。ぜんぜん知らない！）

わたしは髪《かみ》が逆立《さかだ》ちそうでした。

英語ボランティアの会？　いつから参加《さんか》してるの？　それに区立図書館はうちの近くなんだから、こういうのやるよって教えてくれたらよかったのに！

（きっと……新しい友だちと、わいわい楽しくやってるんだ。）

英語のボランティアやってるなんて、どんな子たちなんだろう？　社会のことを考えている、勉強熱心《ねっしん》でしっかりとした子たち？　それとも、すごく優しくて思いやりのある子の集まり？

気になってたまらなくなり、スマホをポシェットにつっこんで、ママに「図書館に行ってくる！」と言いはなち、家を飛び出しました。

図書館の入り口には「『えいごであそぼう！』　13じ半から、子どもの本コーナーでえいごの本を読んだりゲームをしたりします！　大人も子どもも、どんどんきてね！」と書かれた、手書きのポスターがはってありました。

そうっと中に入っていくと、奥《おく》の子どもの本コーナーでは、イベントが始まっていました。親子連れにかこまれて、ママぐらいの年の女の人がイラストを見せながら、話しています。

（ナズナ……いた！）

わたしは本棚のかげにかくれて、ようすをうかがいました。

ナズナは白髪《しらが》のおじさんといっしょに、大きくアルファベットを書いたうちわを手に、女の人の後ろに立っていました。女の人の発音に合わせて、アルファベットのうちわを上げて、みんなに見せています。

（ナズナ、大人にまじってる……。）

わたしの想像とはかなり、ふんいきがちがいました。小さい子たちに笑顔を向けながらも、大人みんなが真剣《しんけん》に取り組んでいる空気が伝《つた》わってきました。そして、ナズナもその大人たちに負けないぐらいの真剣さで、きちんと役目をはたしていました。

見ているうちにナズナが読み聞かせる番になりました。

ナズナははっきりとよく通る声と、きれいな発音で、動物のたくさん出てくるその絵本を読みました。わざとガラガラした声であひるのセリフを言うと、小さい子が声をあげて笑いました。そのすがたは堂々としていて、かがやいていました。

わたしはとちゅうから、本棚の裏側《うらがわ》にしゃがんでいました。つらくて見ていられなかったんです。だって、こんなナズナは知らなかった。見たことないナズナだったんですから。

気がついたらイベントは終わっていました。ナズナが図書館の人や、ボランティアの会の人たちと話しているのが聞こえました。

「湊さん、うまくできてたよ！　練習したかいがあったね。」

「めっちゃ緊張しました！　でも、小さい子に伝えようってがんばると、一人で練習するよりも、表現《ひょうげん》がうまくなる気がします！」

「通訳《つうやく》めざすんだったら、たくさん人に話す機会《きかい》を持ったほうがいいしね。よかったらまた、参加してよ。」

（ナズナって、通訳……めざしてたんだ。）

わたしは、うなだれて立ち上がりました。ナズナに見つからないように立ち去るつもりでした。でも、図書館を出たところで、見つかってしまいました。

「セリ‼　ひょっとしてSNS見て来てくれてたの？　ね、どうだった？」

ナズナはキラキラした笑顔で、かけよってきました。

「よかったよ。すごくうまかった……。」

答える声がかすれました。

「ほんとに？　よかった！　もうドキドキして……。」

「知らなかったよ。ボランティアの会に入って、英語の練習して……ナズナはいつもいそがしくてさ、わたしの相手ばっかしてられないよね。」

「……セリ、どうしたの？」

ナズナが不思議《ふしぎ》そうな顔でわたしを見ました。

「今日、なんか、ヘンだよ？」

（ヘンじゃない。もともとわたしはこんな子なんだよ！）

館
AUTO
えいごで
あそぼう!
ABC

「……聞こえちゃったけど、通訳めざしてるんだよね。新しい知り合い、どんどん作ってさ。もう、わたしのことなんか、どうでもよくなるはずだよね……。」

続《つづ》きは声になりませんでした。涙《なみだ》があふれそうになり、わたしは、図書館から逃《に》げるみたいに帰りました……。

「そのあと、家に帰ってずっと後悔《こうかい》していました。なんであんなこと言っちゃったんだろうって。メッセージであやまろうと思ったんですが、それを送る勇気《ゆうき》もなくて。ヘンなメッセージを送って、ますますナズナにきらわれたらって思うと……。」

セリはそこまで言って、かくんとうなだれた。

「セリさんはナズナさんに、なぜそんなにきらわれたくないんですか？」

カウンターをはさんで向かいにすわり、セリの話を聞いていたヨウヒが、まじめな顔でそう質問《しつもん》した。

「なぜって、それは……。ナズナのことが大好きだからです。」

セリもまじめな顔で答えた。

「ナズナと出会う前のわたしは、自信がなくて。悪口言われるのがこわくてビクビクしてて。でも、ナズナといっしょにいると元気になれる。ナズナがいっしょなら、自分の心もまあるくて、明るく満《み》たされる……なにもこわくない感じになるんです。」

「ああ、なるほど。ではナズナさんがはなれていくかもと思ったら、あなたの心が欠《か》けた感じになるんですか？」

「そうです！　まさにそういう感じ！」

セリは大きくうなずいた。

「また一人になるかもって思っただけで、こわくて。どんどん自分が欠けていって、小さくなって、最後はなにもなくなるような感じ……。でも、こんなふうに思うのってわたしだけで。きっとわたしがヘンなんですよね。」

「いいえ、セリさんのおっしゃることはなかなか正確《せいかく》です。心には満ち欠けがあるんですよ。」

「満ち欠け？」

「ええ、月のようにね。満月《まんげつ》のときは、明るく人を照《て》らせます。でもイヤなことがあったり、考えすぎて不安になったりすると三日月みたいに細く欠けていく。」

「なんか、わかる気がします……。」

「だから、かんたんにあなたの心が満月になる術《じゅつ》をかけます。いつもあなたが満月の心でいるようにすれば、だれとでも……ナズナさんとも仲よくいられますよ。」

「え？　そんなことできるんですか？」

セリは目を丸くした。

「コトバの力をかりれば、たいていのことはなんとかなります。」

ヨウヒはぱらぱらと宙《ちゅう》で手を動かし、ページをめくるしぐさを始めた。まるで空気でできた本を読んでいるみたいだと、セリは思った。やがてヨウヒは、ぴたっと手を止めて言った。

「いいですか。術をかけたらあなたには、あなたの心の月が見えます。その月は欠けやすいですが、ちょっとしたことで満月になります。」

「ちょっとしたことって？」

「かんたんなことです。好きなものを思いうかべて、それを口に出す。それはなんでもいいし、一言コトバにするだけでだいじょうぶです。ああ、でも一回使ったコトバはもう二回目は効《き》かないので、気をつけてくださいね。」

ヨウヒはにぎっていた両手を、セリの顔の前でぱっと開いた。すると左手の中に「満」、右手の中に「欠」という漢字が、青白く光って見えた。

「満欠《みちてはかける》のコトバ！　なんとかしてください!!」

ヨウヒがさけんだとたん、「満」「欠」の二文字が、するすると大きく広がった。

（えっ。）

その文字は水に落とした絵の具のように空気に広がり、やがてセリをつるりと頭から包《つつ》みこんだ。

「はっ。」

セリが顔を上げたら、そこは自分の部屋だった。ベッドで寝《ね》ている。

窓《まど》の外は明るく、朝になっている。スマホは枕元《まくらもと》にあった。

（今のは夢だったのかな。今、何時なんだろ。）

勉強《べんきょう》づくえに置いてある時計を見ようと、横を向いたときだった。

ぽわん、と、月がういているのが目に入った。

「え、ええっ！」

それは、セリの顔の大きさぐらいで、白い光をはなっていた。

（ヨウヒさんが言ってた、心の月が本当に見えてる！）

これがセリの心だとしたら、三日月よりもやや太めだがかなり欠けている。あまりいい状態《じょうたい》じゃないということだ。

（こんな気持ちで、ナズナと会えないよ。またイヤなこと言っちゃうかも。あ、でも。）

――術をかけたらあなたには、あなたの心の月が見えます。その月は欠けやすいですが、ちょっとしたことで満月になります。

――好きなものを思いうかべて、それを口に出す。それはなんでもいいし、一言コトバにするだけでだいじょうぶです。

ヨウヒのコトバが、よみがえった。

（やってみよう。ええと好きなもの……なんでもいいし、一言でいいんだよね。）

そのとき、ぱっと頭にうかんだのはマカロンだった。それもうすい緑色のピスタチオ味のもの。ママがデパートで買ってきたとき、すごくおいしかったからまた食べたい！　って思ったのと、その色と形が満月みたいだと思ったのが、いっしょになってよみがえった。

「マカロン！　ピスタチオ味！」

そう口に出した瞬間《しゅんかん》。じわっと月のりんかくがにじんで広がり、見るまに丸くなった。

「ま、満月になった!!」

セリは目をぱちぱちさせて、ベッドから出た。

「これで、わたし、……だいじょうぶなのかな？」

満月は、セリにこたえるように、じんと明るさを増《ま》した。

「おはよー。」

教室に入るなり、セリは明るくみんなに声をかけた。

コトバの術の効果《こうか》は、本当にあった。満月の気持ちになったら、気分もほっこりおだやかになり、体もなんだかほかほかとあったかくなったのだ。

いつも朝は元気がないセリが、朝ごはんをおかわりしたので、ママもパパも目を丸くしていた。そして今、登校してもすごく気分がいい。クラスの子たち、みんながすごくいい子に見える。

「深山さん、なんか楽しそう。どうしたの？」

近くの席の子が聞いてきた。いつもなら、すぐに返事できないのだが、

「うん、朝から大好きなピスタチオ味のマカロンのことを思いうかべたら、楽しくなって。」

思ったままのコトバが、よどみなく口から出てきた。

「なにそれ！　朝からマカロン？　深山さん、おっかしい！」

「そうだよねえ。やっぱりそんなのヘンだよねえ。」

その子といっしょに笑っていると。

「ヘンじゃないよ！　わたしもミントチョコのアイスが冷凍庫《れいとうこ》にある！　って考えただけで、気持ち、アガるもん。」

横の席の子が、話に入ってきた。

「それわかる。自分へのごほうびって大事だよ。」

「わたしマカロンなら、イチゴかクランベリーだな。ピンクのマカロン最強！」

セリをかこんでわいわいみんなが好きなことを言い出した。セリは「だよね！」とか「それもわかる！」とかあいづちをたくさん打ちながら、何回も笑った。

（わたしが、みんなの話の中心になってる！　信じられない！）

「深山さん、楓組の湊さん、来てるよ！」

だれかがセリにそう声をかけてきた。見ると教室の入り口に、ナズナが立っている。

「ナズナ！　どうしたの？」

ナズナがわざわざ授業前に会いに来るなんて、初めてのことだ。セリはあわてて、つくえの角に足をぶつけながらも、ナズナの元に急いで行った。

「どうしたのじゃないよ。セリ、だいじょうぶなの？」

ナズナがセリの顔を、じっと見つめた。

「昨日ようすヘンだったしさ。おととい、体調よくない感じだったし。ひょっとして具合悪いのに、無理《むり》してイベント見に来てくれたのかなって、すっごく気になってさ。」

（そうだった。土曜、風邪かもって……ナズナ気にしてくれてた。）

「ゆうべもメッセージ送って、ようすを聞こうかって思ったんだけど、もしかして具合悪くて寝てるかもって思ってさ、迷《まよ》ってやめたんだよ。」

「そ、そうだったんだ……。」

（ナズナはわたしのこと、気にかけてくれてたんだ。それなのにわたしったら……。）

「それに昨日、セリ、話のとちゅうで帰っちゃったけど、それも気になって。」

そうたずねる心配そうなナズナの顔を、セリはまともに見られなかった。

ナズナは自分の夢や目標《もくひょう》を持ってて、それに向かってがんばっている。だれかをうらやましがったりしないし、グチも言わない。そのうえ、こんなに優しい。

（わたしとは、ちがいすぎるよ。わたしは……つまらないことばかり考えてる。）

モヤモヤとうす暗い気持ちになってきたとき、ふと心の月が気になって横を向いた。

（あっ！　めっちゃ欠けてる！）

さっきまでこうこうと照っていた満月が、たよりなく細い三日月になっている。それも見ているまに、もっと細くなりそうだ。

（ま、満月にしないとダメだ！　暗いままじゃ、ナズナにきらわれちゃう！）

セリは必死《ひっし》で好きなものを思いうかべた。

（マカロン、ピスタチオ味……、ダメだ。一回使ったのは効かないんだった。ほかにええと。）

そのとき、はっと思い出した。

「ワッフル！」

セリがさけんだ。とたんに月がふわっと広がって、丸みを帯《お》びる。心の月が満月になると、てきめん波立っていた気持ちがすうっと落ち着いた。

「ワッフル？」

ナズナがびっくりして聞き返した。

「昨日、見かけたんだよ、ワッフルのキッチンカー！　図書館の近くで。」

そうだった。セリは昨日、図書館に行くとちゅうでワッフルのキッチンカーを見かけた。ナズナに言ったらよろこびそうだと思ったが、今はそんな話どころじゃないと、伝えたい気持ちをうち消したのだ。

「えっ、そうなの？」

ナズナが、目をかがやかせた。

「うん、オシャレな感じのキッチンカーで、図書館の近くの……ちょこっと広場になってるとこあるでしょ？　あそこで見たんだよ。そのこと、言いたかったのに、ナズナいそがしそうで。それであんな、ひねくれたこと言っちゃって、ごめんなさい。」

「なんだあ！　そうだったのか。それなら、あのあとすぐに解散《かいさん》だったし、いっしょに行きたかったなあ！」

「え、ほんとに？」

「お休みの日にでも、また行こうよ。」

「うん、行こうね！」

約束《やくそく》したら、教室のスピーカーから、「花《はな》のワルツ」が流れてきた。

「朝の会、始まっちゃう！　またあとでね！」

（満月のおかげで、うまくいった！）

セリは、ほっと胸をなで下ろした。


（ああ、いい感じの一週間だった！）

その週の土曜、帰るしたくをしながら、つい口元がゆるんだ。

満月をキープするコツをだんだん覚《おぼ》えてきたおかげで、セリは毎日が楽しかった。

明るい気持ちでいると、ビクつかずにうまく話せる。みんなもセリと楽しそうに話してくれる。笑顔にかこまれるというのは、こんなにも楽しく、自信がつくものなのかと思った。

クラブでは後輩《こうはい》に優しくできたし、学級会では先生に、おどおどせずに自分の考えを言うことができたおかげで、みんなから感心された。

（この、みんなに好かれて一目置かれた感じ……まるでナズナになったみたい！）

うきうきと教室からろうかに出たときだった。

「セリ、ちょっといい？」

声をかけてきたのは楓組のマイカだった。一年生のときに同じ桜組で、ナズナといっしょによく話していた間柄《あいだがら》だ。

「ナズナって、今、だいじょうぶなの？」

声をひそめて、マイカが聞いてきた。

「え？　ナズナがだいじょうぶって？　なにが？」

「なにがって、セリ、知らないの？　ナズナはセリには話してると思ってた。」

「だから、なにを？」

マイカに教えてもらった話は、とても信じられないことだった。

――SNSでナズナの悪口をアップしてた子がいたの。だれかわからないけど、楓組の子っぽい内容《ないよう》でさ。見つけた子がナズナに教えたんだよ。

——ナズナ、それを朝の会で言ったんだよ。「ここそこかげで言わずに、言いたいことは直接《ちょくせつ》わたしに言ってください。」って。そしたら、証拠《しょうこ》もないのに楓組に犯人《はんにん》がいるって決めつけるのはおかしいって意見が出て。先生も友だちを疑うのは悲しいことだ、なんて言うし。なんかナズナのほうがヘン、みたいな空気になっちゃったんだ。

——そのアカウントはすぐに消えたんだよね。そしたら、あれは実はナズナの裏アカでさ、ナズナが目立ちたくて自分でやったんじゃないかって、うわさが出て。

——この三日ほど、だれもナズナに話しかけないんだよ。ナズナ、孤立《こりつ》してる。

(ウソ、そんな。ナズナ、帰り道でも、クラブのときも、いつもどおり明るくて。ぜんぜんそんな感じじゃなかった。)

校門に向かう足がふるえた。今聞いたマイカの話が頭の中で、たつまきみたいにゴウゴウうずまいている。

——わたしもナズナのことが心配だけど、今、楓組で声かけたら目立つしさ。セリ、ナズナのこと、元気づけてあげてね!

（マイカはあんなこと言ったけど、どうやったらナズナを元気づけられるの？）

校門に続くへいの、ちょっとくぼんだところ。いつもの場所にナズナは立っていた。ぼんやり、宙を見てなにか考えている。光のないそのひとみに、ズキッと胸がいたんだ。

思わず立ちすくんだとき、ナズナがこっちを見た。ナズナはセリを見るなり、ぱっと笑顔を作った。

「セリ。なんだよー。おそかったね。」

「う、うん。ちょっと呼び止められて話してたから。待たせてごめん……。」

言いわけもどぎまぎして、声がとぎれる。

「……もしかして、セリ、なんか聞いちゃった？」

ナズナに言われて、ギクッと肩がふるえた。ナズナはするどい。ごまかせないと観《かん》念《ねん》して、セリは言った。

「……うん。マイカから、だいたいのこと、聞いた。マイカすごく心配してて……大《たい》変《へん》だったんだね。わたし、なにも気がついてなくて。……ごめん。」

「べつにセリがあやまることないよ。セリには、言わなかったんだし。」

ナズナがさっさと駅に向かう道を歩き始めた。

「な、なんで言ってくれなかったの？　言ってくれてたら……。」

早足のナズナを追いかけながら、セリは言った。

「言ったら、セリ、気をつかうじゃん。セリのほうが落ちこむの、目に見えてるし。」

ナズナはふり向きもしないでそう言った。つきはなすような、強い口調だった。

（わたしが落ちこむ……そうだよね。今、そのとおりになってる。わたしなんか、なんにも役に立たない。）

横を向いたら心の月は、糸みたいな細い月になっていた。

（こんなんじゃ、ナズナを元気づけるどころか、まともに話もできない。なんとか満月にしなきゃ……。）

そう思うのだけど、満月になれそうなものが思いうかばない。

電車に乗っても、ナズナは一言も話さなかった。どんどんナズナの降りる駅が近づいてくる。あせればあせるほど、月がどんどん見えなくなっていく。

（こんなときに、好きなことを思いうかべて、楽しくなんかなれるわけがないよ！）

セリはぎゅっと吊《つ》り革《かわ》をにぎり、目をつぶった。もう月など見たくない、そう思ったときナズナの降りる駅に着いた。ナズナはだまって吊り革《かわ》をはなし、セリに背中《せなか》を向けた。

さみしい背中だった。セリの心の月よりもたよりなく、今にも消えそうに見えた。

（今、ナズナを一人にしちゃいけない！）

「降りないで。」

とっさにセリは、ナズナの腕をつかんだ。ナズナは、びっくりした顔でふり返った。

「ワッフル！　買いに行こうよ。あのキッチンカー、土曜も来てるはずだし。」

「ワッフル？　今から？　制服《せいふく》のまま、より道してるの見つかったら、先生に怒られる……。」

「そんなのいいよ！　見つかったらあとで怒られたらいいだけでしょ。わたしが今すぐナズナと食べたいの！」

セリは、ナズナの腕を両手でしっかりとつかみ、はなさなかった。

「セリって案外《あんがい》、強引《ごういん》なんだ。」

キッチンカーの前までぐいぐい引《ひ》っぱられて、ナズナはめいわくそうな顔をしていたが、ワッフルのあまいかおりをかいだら、ほおがゆるんだ。

広場の柵《さく》にもたれて、ならんで紙に包まれたバナナチョコワッフルを食べ始めた。

「おいしいね！」

「うすめに焼《や》いた生地《きじ》がいいね。ざっくりめのクレープ？　みたいな。」

「だよね。食べやすいし。アイスのせたらよかったかなー。」

ワッフルの話を続けているうちに、ふっとナズナのせり上がっていた肩が落ちた。

「……わたしさ、通訳になりたいと思ったのはさ。」

ナズナが声のトーンを落として、話し出した。

「誤解《ごかい》をなくせる、いい仕事だって思ったからなんだよね。」

「誤解をなくせる？」

セリは、聞き返した。

「小学五年のとき、クラスでみんなにいじられてる子がいて。その子、外国から来た子で、あんまり日本語うまくなくて。なに言ってるかわからないとか、みんなに笑われてた。わたしクラス委員だったし、なんとかしようってがんばったけどダメでさ。とうとう、その子学校に来なくなって。」

「うん。」

「コトバが通じないと誤解が生まれて。どんどん相手のこと、悪く思うのってこわいなって。で、おたがいのコトバがわかって、それを伝えられたら、誤解もなかったかもって。」

「それで通訳になりたいって思ったの？　だから英語の勉強を？」

「そう。いろんな国のコトバを話せるようになりたい。人をつなぎたい。だからまずは英語からかなって思ったのがきっかけで、ラジオ講座《こうざ》聞いたり、自分なりに勉強始めたんだよね。」

「さすがナズナだね。」

セリは心から感心して言った。

「さすがじゃないよ。これ見て。」

ナズナはポケットからスマホを取り出して、セリにわたした。

「わたしのことディスりまくったアカウントの投稿、スクショで撮《と》っておいたんだ。なんかの証拠になるかもって。」

スマホの画面を見たとたん、セリは息が止まった。

――今日もNZNさま、うざー。そんなにあなたエライんですかあ？

――言うことがみんな上から目線。で、言ったあと、自分にウットリ（笑）。

――ついにコレ見ちゃったNZN、お怒《いか》り爆発！　堂々と自分に言えって、ウケる!!

悪口を本人に言うバカいないって。そういうとこだよ！　思い上がるな！

（なにこれ……。ひどい。）

スマホを持つ手がふるえ出した。画面にはほかにも投稿のスクショがあったが、それ以上はとても読めなかった。

自分が悪口を言われているのを聞いてしまった、あのときのことがよみがえった。

信じていたものがくずれて、見えていた景色《けしき》が一変した。自分が無邪気《むじゃき》に信じていたシアワセな世界は、本物じゃなかったと気づいた、あの気持ちをナズナも味わったのだ。

「いろんな国のコトバを勉強して、人をつなぐどころか、同じ国のコトバを使ってたって、なにも通じない。コイツの言うとおりかも。あのときの子も助けられなかったし。わたしが思い上がってたんだよ。」

ナズナのそのコトバに、セリは胸を撃《う》たれたような気がした。

（……ダメだ。しっかりしなきゃ。わたしが、ナズナをなんとかしなきゃ。）

セリはスマホの画面をそれ以上見えないように、自分の胸の下にあてた。そして深《しん》呼吸《こきゅう》したら、手のふるえが止まった。

「ナズナ、わたしはそう思わない。」

思ったよりも、しっかりした声が出た。

「その外国から来た子はナズナに味方してもらって、すごく救《すく》われたと思う。わたし、小学生のときにその子と同じような目にあって。なに言っても悪く取られて。だれも、味方いなくて。」

「え、そうだったの？　セリが？」

ナズナが意外そうに言った。セリはうなずいた。

「同じ小学校のだれにも会わずにすむから、華遙学園を受験《じゅけん》したの。あのときだれか一人でも味方してくれてたら、たぶんわたしは今みたいじゃなかった。」

「今みたいって？」

「……生きるのがこわくて、一人になるのがこわくて。そのくせすぐに人を疑って。せっかくナズナと仲よくなれたのに、それ、変わらないの。」

ナズナは、一度なにか言いかけたが、だまってセリの話の続きを聞いた。

「でもさ、入学式の日にナズナが声をかけてくれて、めちゃくちゃうれしかった。そのときのこと思い出したら……今でも気持ちがあったかくなる。」

セリは、軽く目を閉じ、思いうかんだものをコトバにした。

「ナズナの笑顔！　ニコッと笑いかけてくれた！　それからナズナのコトバ！　名札見てわたしの名前呼んでくれた！」

そのとき、閉じたまぶたのはしがぱっと明るくなった。セリが目を開けると、顔の横にぽっかりうかんだ満月が、明るくさえわたっていた。

(なんで今、満月……、あ、そうか！　好きなものを思いうかべて口に出したから！)

セリは、それに気がつくと、笑い出しそうになった。

なんでこのことに気がつかなかったんだろう。ナズナとの楽しかったできごとを思い出せば、いつでもかんたんに満月になれたのに！

『桜組はあっちだよ。急ごう！』って言って、連れてってくれたよね？　わたしもう、夢見てるみたいだった。」

「夢、見てるはおおげさだよ。」

ナズナがてれくさそうに言った。

「おおげさじゃないよ。ナズナはだれも信じられなかったわたしを救ってくれたんだよ。多くの人をつなぐためにがんばってるナズナは、ぜんぜんまちがってない。思い上がってなんかない！　わたしが保証《ほしょう》する!!」

セリがそうさけんだときだった。

向かい合うセリとナズナの横で、満月がかあっと燃《も》えるように熱くなった。

満月は太陽のように、まばゆい朝日の色の光で、セリとナズナを照らした。

「……なんか、ここがあったかくなってきた。」

ナズナが胸をおさえそうつぶやくと、はなをすすり上げた。

「セリ、ありがとう。元気出てきた。」

「ナズナ……。」

手の甲《こう》で、にじんだ涙をこすり取るとナズナは笑顔になった。

「セリと、友だちになれて、本当によかった。」

セリはそれに答えようとしたが、涙がどっとあふれてなかなか声にならなかった。

「わ、わ、たしこそだよ。」

しゃくり上げながらなんとかそう答え、ちらりと横を見たら、もう月のすがたはそこになかった。

ヨウヒは、モニターに映《うつ》るセリとナズナ……笑いながら、もう一個ワッフル食べたいと言い合っている二人を見つめ、うんとうなずいた。

「いい形で術が解《と》けましたね。」

作業をしながら、横目でモニターを見ていたバダさんが、ヨウヒにそう声をかけた。

「そうですね。もし今、術が二人にかかっていたら、きれいな満月が仲よくふたつならんでいるのが見られたことでしょうね……。さて、データを本の樹に送りましょう。」

ヨウヒは、キーボードのエンターキーを、タンとたたいた。

「これで『満欠』の案件《あんけん》、無事終了《ぶじしゅうりょう》。」

四冊《さつ》目《め》

ほめられたいさんと良所《よきところ》のコトバ

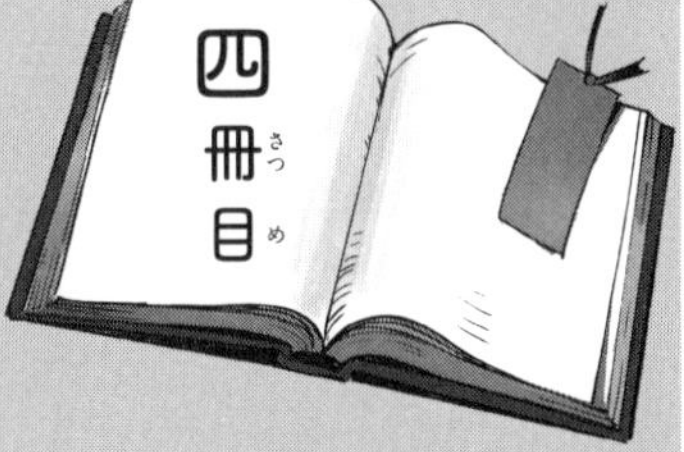

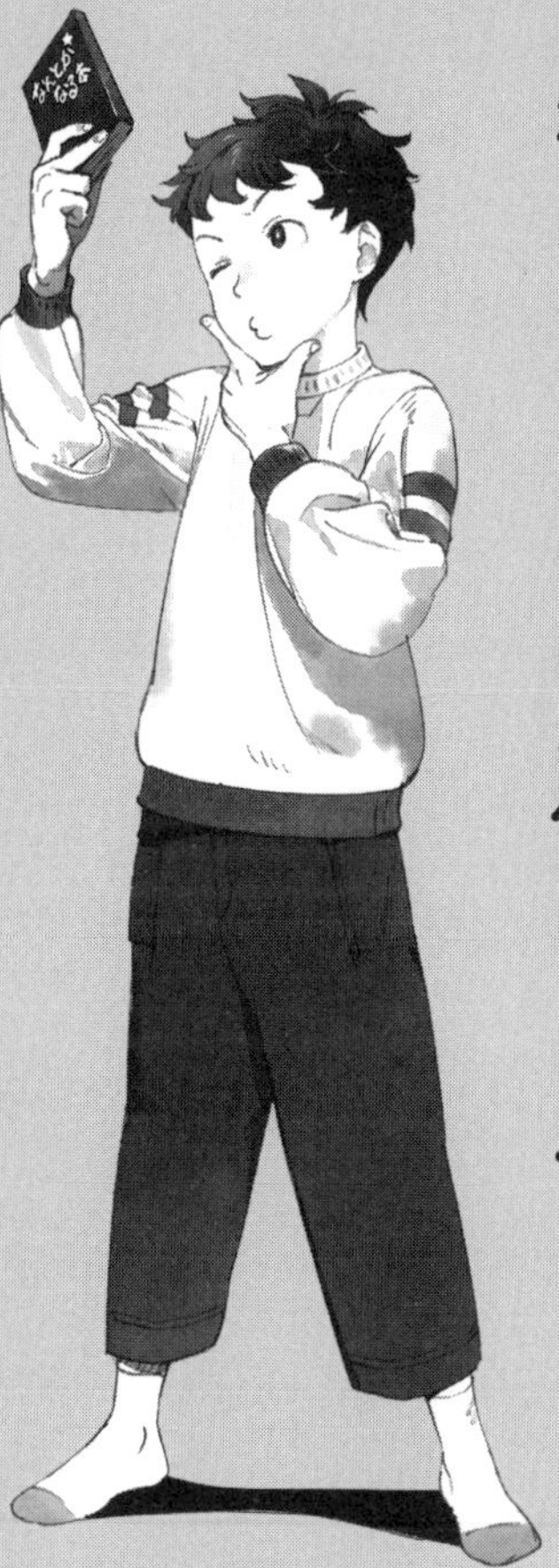

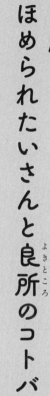

(なんなんだよ、もう!)

イカルは、怒《おこ》っていた。今日はムカつくことばかりだ。

イカルはクラスで一番のお調子者だ。それは認《みと》める。

すぐにおおさわぎして、先生にもよくしかられるし、まじめなタイプの子には評判《ひょうばん》が悪い。とくにクラス委員の木内《きうち》さんには、しょっちゅう注意されている。

(だからって、みんなでぼくのせいにするなんて!)

イカルは今日のそうじ当番で、窓《まど》の近くにはいた。いつものメンバーでふざけ合っていたし、盛《も》り上《あ》がってぞうきんをなげたのもたしかだ。だけど、教室の窓に、ひびが入ったのはイカルのせいじゃない。イカルはそのとき、窓をさわっていないし、なにかをぶつけてもいない。

いくらそう言っても、だれも信《しん》じてくれなかったのだ。

「また、羽多《はだ》くんなの?」

担任《たんにん》の大井田《おおいだ》先生も、クラスのみんなも、イカルのしわざに決まってると言わんばかり。だれもイカルの話をちゃんと聞いてくれなかった。

さっきの、エルナのことも同じだ。

シズカ伯母《おば》さんがおみやげにくれたお菓子《かし》を食《た》べ残《のこ》し、

「お兄ちゃん、食べて。」

そう言ってイカルの手におしつけてきたのはエルナだ。それをママが見つけて、イカルが妹のお菓子を横取りしているとかんちがいした。

本当のことを言おうとしたら、最後《さいご》まで話を聞いてもらえず、エルナのせいにするのかと、イカルはいつもより多くしかられた。

パパが帰ってきたら、ママが報告《ほうこく》するだろうし、もう一回怒られるかもしれない。

(こんなの、おかしくない?)

自分の部屋で一人、勉強《べんきょう》づくえに向かって今日のことを思い出していたら、ムカムカしてきた。

学校のみんなも先生も、パパもママも伯母さんも。みんなイカルのことを、いつもつまらないことばかりする、ダメな子だと思ってる。

(ああ、ムカつく！)

イカルが勉強づくえを両手で、バン！　とたたいたとき。

バサバサッと、つくえについている細いはばの棚《たな》から本が落ちてきた。参考書《さんこうしょ》とかポケット図鑑《ずかん》とか前に読書感想文のために買ってもらった（けどほとんど読んでない）本とか、てきとうにつっこんであったのが、くずれ落ちてきたのだ。

顔をしかめて、重なり合っている本をざっとわきによせたら、一番下から見覚《みおぼ》えのない一冊が出てきた。

『なんとかなる本』

コミック本ぐらいの大きさで、真っ赤な表紙に黄色い大きな文字でそう書いてある。

「なんとかなる本？　なにこれ？」

表紙をめくったら、いきなりこんな文が出てきた。

——あなたは今、なんとかしたいことがありますか？

「あるある。めっちゃあるよ！」

イカルは口をとがらせて、本にうったえた。

「みんな、ぼくのことをダメなやつって決めつけるんだ！　なんとかして！」

そう言った瞬間《しゅんかん》。開いたページの真ん中に、ぽかっと黒い穴《あな》が開いた。

（え？　なに？）

よく見ようと穴に顔をよせたら、ごおっとそうじ機《き》みたいな音がして、イカルは穴の中に吸《す》いこまれた。


「わああーっ!!」

目を閉《と》じたまま、イカルはさけんだ。

「わああ！　わあああああ！　助けて!!」

のどが割《わ》れそうな声でさけんでいたら。

「イカルさん。だいじょうぶですから目を開けてください。」

だれかの声がした。女の子の声だ。おそるおそる目を開けたら、前にめがねをかけた、同い年ぐらいの女の子が立っていた。

「え……と……？」

イカルは、やけに暗い場所にいるのに気がついた。体育館みたいに広くて、よく見たらでっかい本棚にかこまれている、おかしな部屋だ。

「うわ、なに？　ここどこ？　なんで本見てたらこんなとこに！　きみ、だれ？　それになんでぼくの名前知ってるの⁉」

イカルが次々くり出す質問《しつもん》を最後まで聞いてから、その子はこう答えた。

「あなた先ほど、『なんとかなる本』に、なんとかしてほしいことがあるとおっしゃいましたね？」

「ああ、あのヘンな本！　うん。言ったよ。」

「ここはそういう方のこまりごとの相談にのり、力を貸《か》すところです。」

「えと？　ぼくがこまってることを、ここでなんとかしてくれるってこと？」

「そういうことです。」

とたんにイカルは、ぱあっと笑顔《えがお》になった。

「えー、じゃあ、ここって、異世界《いせかい》ってこと？　うわ、すごいなあ。」

目をかがやかせてあたりを見回した。

「まあ、そうとも言えますかね。あ、わたし、こういう者です。」

その子は名刺《めいし》を、イカルに見せた。

――一級コトバ使《つか》い・樹本図書館司書《きほんとしょかんししょ》　葉飛《ヨウヒ》
「コトバ使い？　あれ、ここ図書館なの？　そういえば、本がいっぱいある！

あっ、本がぶら下がってる木がある。そうか、わかった！」

イカルはパチンと指を鳴らした。

「あれって、魔術《まじゅつ》の本でしょ？　魔術書《まじゅつしょ》を貸してくれる図書館ってわけ？　本に書いてある呪文《じゅもん》でなんでも解決《かいけつ》できちゃうんだね。ゲームでそういうのやったよ、魔術師《まじゅつし》の修業《しゅぎょう》の！　ということは、ぼく、この世界でがんばったら魔術師になれるの？」

「いろいろちがいます。それに、イカルさんは魔術師になれません。」

ヨウヒにあっさり否定《ひてい》され、イカルはちょっとがっかりした。

「なんだ。ぼくが魔術師見習いとかに選《えら》ばれたんじゃないんだ。」

「はい。でも、あなたのこまりごとをわたしが術をかけて、なんとかします。」

「へえー!! じゃ、きみが魔術師なんだ！ いいなあ。どうやって、なったの？」

イカルの質問に答えず、ヨウヒは言った。

「それよりも、まずは、あなたのこまっていることを、くわしく話していただけますか？ あちらの相談カウンターでお聞きします。」


ぼくは、すごくムカついてる。

みんな、ぼくのことをろくでもないことばかりするダメなやつだって決めつけて、ぼくの話なんか、だれも聞いてくれない。

そりゃぼくは、先生によくしかられるよ。え、どういうときにしかられるかって？

うーん、そうだなあ。空《から》のバケツをけって「バケツサッカー」をケンゴやハルキとやったときは、すごくしかられたなあ。

そうそう、給食《きゅうしょく》がカレーライスの日に、テンション上がって！ カレーダンスをして盛り上がってたら、配膳《はいぜん》当番の子にぶつかってさ。あやうくカートごとたおしちゃうところだったんだ。もうちょっとでクラス全員がカレーなしライスになるところだったって、先生にめちゃくちゃ怒られた。あのときは、ママにも連絡《れんらく》が行っちゃって。

でもさ、それって、わざとじゃないよ。だれかをこまらせようと思ってやったんじゃない！

ちょっとおもしろいことを思いつくと、やってみたくなる。みんなが盛り上がると、うれしくなって、はしゃぎすぎちゃうんだよな。それで、だれがやり始めたんだ？　って言われて、結局《けっきょく》ぼく一人がめっちゃしかられることになる。

だけど今日あったことは、そういうんじゃない。教室の窓ガラスをこわしたのは、ぜったいにぼくじゃない！　そりゃ、たしかに、ふざけてたさ。当番なのに、そうじをしないで、遊んでたのは本当だ。

だけどあれはないよ！

担任の大井田先生が、クモの巣《す》みたいにひびの入った窓ガラスを指さして、「だれがやったの⁉」って言ったけど、だれも返事しない。

「だれか、見てなかった？」

そしたらクラス委員の木内さんが、さっと手をあげてこう言った。

「羽多くんたちが、窓のそばでさわいでました。とくに羽多くんは、ぞうきんをなげて遊んでたから、あぶないなって思ってました。」

すると大井田先生は、はーっとため息をついて言った。

「また、羽多くんなの？」

あわてて、言い返した。

「ちがうよ！　ぼくじゃない！　なあ、ケンゴもハルキも見てたろ？」

すると仲《なか》のいいケンゴが、力強くこう言った。

「イカルはやってないよ！　たぶん！」

「たぶんって、なに？　はっきり見てなかったたってことよね？」

木内さんが、するどい声で聞き返すと、ケンゴはしょぼっと肩《かた》を丸めて答えた。

「窓にひびが入った瞬間は見てなかったけど、たぶんイカルのせいじゃない……。」

ダメだ、ケンゴはあてにならない！　そう思ってハルキのほうを見た。ハルキはケンゴよりはずっと、落ち着いてる。すると、ハルキはこまった顔をしてうつむいた。

「ごめん……そのときは、ほかのとこを見てた……。」

クラス中がざわざわした。するとほかの女の子たちも手をあげた。

「羽多くんがぞうきんなげるの、人にあたるかもって、すごくこわかったです！」

「だいたい羽多くん、そうじ当番をちゃんとやったことないです！　いつも、そうじのじゃまばっかして！」

「おい！　それ、窓のひびの話と関係《かんけい》ないじゃん！」

頭にきて言い返すと、木内さんが女子たちをかばうように、ダンッと立ち上がった。

「関係あります。ふだんからすぐにさわいで、人のめいわくを考えない態度《たいど》だから、こんなことが起きるんじゃないの？」

そう言って木内さんが、窓のひびをあごで指した。

「そうだよ！」「木内さんの言うとおり！」

女の子たちから、拍手《はくしゅ》が起こった。

「もう、やめなさい！　……やれやれ、窓はすぐに修理《しゅうり》しないとあぶないわね。」

大井田先生が、また、大きなため息をついた。

そのあとは、ぼくがなにを言ってもダメだった。ぼくがやったに決まってるって空気になって、だれも話を聞いてくれないまま、五時間目の授業《じゅぎょう》になっちゃったんだ。

（このままだと、また、先生からママに連絡が行くかも……。）

がっくりしながら家に帰ったら、シズカ伯母さんが来ていた。

シズカ伯母さんはケーキ作りが趣味《しゅみ》で、いつもどっさり、手作りのお菓子をくれる。今日はレモンの入った焼き菓子《やがし》だった。

「わあい、いっただっきまーす！」

シズカ伯母さんのお菓子はおいしいから、いくらでも食べられる。妹のエルナも、最初《さいしょ》ははしゃいでいたけど、一口食べて、なんだかヘンな顔つきになった。

「お兄ちゃん、食べて。」

大人が見てない間に小声でそう言って、残りをぼくの手におしつけてきた。

「エルナ、すっぱいのヤダ。いらない。」

小学三年生のエルナは、すごくいい子だ。おぎょうぎがよくて、ききわけもよくて、兄妹《きょうだい》なのにぜんぜん似《に》てないって言われている。だけど、ぼくだけにはときどき、こんなふうに言いたいことを言うんだよね。

でもまあ、そのお菓子はおいしかったし、もっと食べたかったし。エルナがくれるんだったら、食べ残しでもぜんぜんいいやって気持ちで、受け取ったんだ。

そしたらママに見つかった！

「イカル！　エルナのお菓子を取っちゃダメじゃないの!!」

ぼくが妹のお菓子を横取りしたって決めつけられたんだ！　ママは怒るし、伯母さんにまで注意されちゃってさ。本当のこと、言おうとしてもぜんぜんダメ。

「エルナのせいにするの？」

ぼくの話を最後まで聞いてくれなかった。

エルナも、しかられるのがイヤだったんだろうな。だまったままで、本当のことを言わないし。結局ぼくが悪いってことになっちゃったんだ！

これが今日、あったこと！　ひどくない？　ムカついてもしょうがなくない？

「おっしゃることは、よくわかります。」

だまって話を聞いていたヨウヒが、うなずいてそう言った。

「大変《たいへん》くやしい思いをされたのですね。」

「わかってくれるんだー。さすが魔術師！　だったら、ぼくがこんなにムカついてるのも魔術でなんとかなるの？」

「はい。たとえば、こういうのはどうですか？　みんなが笑顔であなたをほめてくれるような術などは。」

「え、それ、すっごくいいね！」

たちまちイカルは乗り気になった。

「ぼく、いつもしかられてばっかりでさ。ぜんぜんほめられないんだ。魔術でもいいから、みんなにほめられまくりたいよ！」

ヨウヒは、イカルの目の前で、分厚《ぶあつ》い本のページをめくるような手つきをした。イカルには見えないが、そこには不思議《ふしぎ》な力を持った透明《とうめい》な本があるようだ。

（おお！　いよいよ魔術師って感じ！　いいぞ！）

「よし、これがいいですね。」

にぎった両手を上げ、ワクワクしているイカルの顔の前で、ヨウヒはぱっと手を開いた。その手の中には字があった。左手に「良」、右手に「所」という漢字が、あった。

（え、なに？　漢字？　なんで？）

その二文字は、濃《こ》い鉛筆《えんぴつ》できっちりトメ・ハネまで書かれた、硬筆《こうひつ》のお手本のような字だった。

「良所《よきところ》のコトバ！　なんとかしてください‼」

ヨウヒがさけんだとたん、「良」「所」の二文字が、カクカクとおどり出した。

「良」はぴょんぴょんはね、「所」はよろけて転びそうになった。イカルは、ぶはっとふき出した。

（なんだよ、これ！　ヘンなの！）

もっと「良」と「所」の動きをよく見ようと目をこらした瞬間、その字がおどりながらイカルの体に飛《と》びついてきた。

「わ！」

虫を追いはらうみたいに、自分の胸《むね》を手ではらったとき。

「あ、れ？」

目の前には、勉強づくえがあった。自分の部屋に、もどっている。

胸のあたりを見たら、飛びついてきたはずの「良」と「所」の文字は消えていた。

「イカル、ごはんよ！」

閉《し》まったドアごしにママに呼《よ》ばれた。

「は、はーい！」

返事をしながら、いすから立ち上がった。

（……今の、本当にあったことだよな。）

だったらヨウヒの術……「みんなが笑顔であなたをほめてくれるような術」が効《き》いているはずだ。

（わあ、楽しみだ！）

イカルは、うきうきと部屋を出て、家族のそろうダイニングに向かった。

（おかしいな……。）

イカルの顔を見るなり、家族みんながちやほやと、ほめちぎってくれるのかなと思っていたが、そんなことは起こらなかった。

パパはテレビのスポーツチャンネルを見ているし、ママはエルナとなにかしゃべっていて、こっちを見ようともしない。

おかずもガッカリだった。大好物《だいこうぶつ》のチキンカレーを作ってくれるんじゃないかという期待もはずれた。

「……肉じゃがだあ。」

失望《しつぼう》してつぶやいた。肉とニンジンとこんにゃくの組み合わせがキライだ。

「なんだ、肉じゃが、イヤだったのか？」

パパがこっちを見て聞いてきた。

（しまった。よけいなこと言っちゃったな。）

親をこれ以上《いじょう》怒らせたくない！　そう思ったとき。イカルの口がカクカクとなにかにあやつられているように動き出した。

「そうじゃないよ。パパの大好《だいす》きな、肉じゃがだねって言いたかったんだ。昨日《きのう》パパが食べたいって言ってたから、ママが作ってくれたんだよね。さすがママだなあ。」

コロコロと、転がるように調子のいいコトバが出てくる。

（え？　なにこれ？　ぼく、なに言ってるの？）

「ママ、いつも、ぼくらが食べたいって言ったの覚えてて、作ってくれるもんね。それにいつも料理《りょうり》のこと、アプリ見たりして工夫《くふう》してるよね。あ、もちろんパパが作るのもおいしいよ。パパの作る焼きそばとかナポリタンには、ぜったい目玉焼きがのってるところが、いいよね。わかってるーって思うよ！」

（なんだこれ！　ほめまくりじゃないか！　口が勝手にしゃべってる！）

ママもパパもぽかんとして、話《はな》し続《つづ》けるイカルを見ていたが、やがて二人とも笑《わら》い出《だ》した。

「イカルったら！　急にどうしたの？　ほしいものでも、あるの？」

「ちがうよ。ぼくはふだんから思ってることを言っただけだよ。」

パパとママは顔を見合わせ、また笑った。

「イカルにこんなにほめてもらえるとはな。しかし、そう言われると、目玉焼きのせ料理のレパートリー増《ふ》やさないといけないなあ。」

「そんなふうに思ってくれてたのね。ママ、うれしいわ。」

パパとママはごきげんになった。おかげで、エルナのお菓子の件《けん》はそれ以上しかられることはなかったのだが。

（な、なんだ？　今の、なんだ？）

イカルは、ごはんを食べながら、考えた。

（なんで勝手に口がいろんなことを言うわけ？　それもぺらぺら調子がいい、ほめコトバばっかり！　「ほめほめ口」になってるじゃん！）

イカルがみんなにほめてもらう術をかけてもらったはずなのに、これでは逆《ぎゃく》だ。

（ひょっとしたらヨウヒって、まだ魔術師の見習いなんじゃない？　術の中身を反対にかけたとかさ。ちぇっ。やっぱり急に魔術師が現《あらわ》れて、なんでも願いをかなえてくれる……なんてうまい話はないんだな！）

「イカル、どうしたの？　おかわりしないの？」

「あ、うん。宿題まだしてないの思い出した。早く、しなきゃ！　ごちそうさま！」

イカルは、大急ぎで自分の部屋にもどった。

次の朝。イカルは学校に向かう道々、首をかしげて考えていた。

（ほめほめ口、結局、あれから出ないなあ。術、もう解《と》けちゃったのかな？）

勝手に口が相手をほめるのは、ちょっとこわかったけど、でも、ゆうべほめたことで、ママもごきげんだったし、パパはおいしい朝ごはんを作ってくれた。

イカルにほめられたからと、新メニュー「特製《とくせい》・目玉焼きと野菜《やさい》のせマヨネーズトースト」を作ってくれたのだ。

（ぜんぜん、思ってたのとちがったけど、まあ、おもしろい魔術だったかもな！　もうちょっと使ってみても、よかったかなあ、なーんて！）

明るい気持ちで教室に入った。

「おはよう！」

教室に入るなり、大きな声でみんなにあいさつした。

すると教室の中ほどでおしゃべりしていた女の子たちが、ぴたっと口を閉じた。そしてみんな、いっせいにイカルから目をそらした。

（あれ？　なんだ？）

ヘンだなと思ったけれど、じきに朝の会が始まって、そのまま授業になった。

二時間目が終わったあとの中休み。ますます教室の空気がおかしくなってきた。

木内さんのまわりでは、木内さんを取りかこむようにして女の子たちがひそひそとなにかを話しているが、ちらっとイカルのほうを見ては、顔をしかめる。

そんなぴりぴりした女の子たちの空気を感じてか、どことなく男の子たちも落ち着かないようすで、いつもより静《しず》かにしている。

「……どうなってんの？　みんなヘンじゃない？」

イカルは、自分の席《せき》にすわるととなりの席のハルキにたずねた。

「……女子ばっかで盛り上がったみたいなんだ……。その、イカルの悪口で。」

ハルキが、言いにくそうに小声で答えた。

「え、ええ？　ぼくの悪口で⁉　なんで？」

すると反対側《はんたいがわ》の席からケンゴが身をのり出してきて、教えてくれた。

「そうじだけじゃなくて、授業中もすぐふざけてうるさいとか、日直の仕事もやらなかったとか、いっぱい不満《ふまん》が出ちゃったみたいだよ。昨日のことがきっかけでさ。」

ケンゴが指さしたほうを見たら、窓のひびは厚紙とテープで補修《ほしゅう》されていた。

「そんなの窓のことと関係ないし、ぼくが窓にひびを入れたんじゃない！」

つい、大声で言ったら、それが教室中にひびきわたった。シーンと教室中が静まり返った、と思ったら木内さんと目がバチッと合った。

「羽多くん、言いたいことがあるなら、ちゃんと言いなさいよ。」

木内さんが、ぐっとイカルを見すえて言った。すごい迫力《はくりょく》だ。

「昨日はなに言っても聞いてくれなかったくせに！」

「じゃあ、聞こうじゃないの！」

木内さんが立ち上がり、イカルも負けずに立ち上がった。

（よーし！　こうなったら、言いたいこと、みんな言ってやるぞ！）

イカルは、すーっと息を大きく吸って、言い始めた。

「あのさ、木内さんはこわいんだよ！　女子をたばねるボスみたいでさ！」

「ボス？　なによ、それ、どういう意味？」

木内さんの眉《まゆ》と目じりが、はね上がった。

（やっぱ、こわい！）

「き、木内さんが言うと、みんなそうだそうだってなるし、だれも逆《さか》らえない感じなんだ！」

おおーっとケンゴが声をあげ、小声で「いいぞ！」と応援《おうえん》してきた。女の子たちも、「羽多くん、ひどい！」「木内さん、負けないで！」と、声をあげ出した。

このままだったら、女子たち全員と大ゲンカになって、また大井田先生にしかられるかも……、一瞬、そう思って声を出すのをためらったとき。

イカルの口がカクカクッと動き出した。

「でもそういうふうになるのは、木内さんがしっかりとクラスをまとめて、みんなに信頼《しんらい》されてるからなんだよね！」

（あれっ？　口が勝手に……!?　今、ほめほめ口が発動!?）

「木内さんはいつも、クラスで問題が起きていないか、気をつけて見てくれている。なにかこまったことが起きたら、先生に相談したり、その子のフォローしたりとか。いつも本当にありがとう！　そんな木内さんがしっかり、窓のひびの原因《げんいん》をつき止めようって思うのは、当然《とうぜん》のことだよ。」

木内さんは目をまん丸くして、ものすごくとまどった顔で言った。

「……そ、それはどうも。わかってくれるんだったら、よかったけど……。」

教室中の子たちも、びっくりしてイカルを見ていた。

（ヘンなタイミングでほめほめ口が出ちゃったよ！　どうしよう！）

イカルはしかたなく、話を続けた。

「だから、え、えーと。あのさ、そんな木内さんなんだから、昨日、ぼくの話をもっとまともに聞いてほしかったよ。ぼくは、自分がやったことは自分でやったって言うよ！　ひとのせいにしてウソなんかついたことない！」

　すると木内さんが、うーんと首をかしげた。

「たしかに羽多くんは、やったことをだれかのせいにしたことはないけど……。」

「イカルはふざけたことが好きだけど、ウソはつかない！　たぶん！」

　ケンゴが話に入ってきた。

（また、「たぶん」かよ！　たよりにならないなあ、もう！）

　そう言いたかったが、イカルの口からは、

「さすがケンゴ！　いつもぼくの味方してくれる！　ありがとうな！」

と、また、ほめほめ口が出た。

「なんだよ、イカル、今日は、やたらにみんなをほめるなあ。ほめほめキャンペーン絶賛開催中《ぜっさんかいさいちゅう》か⁉」

　ケンゴがからかうと、男の子たちが笑った。遠巻《とおま》きに見ていた女の子たちも、つられてくすっと笑った。

（せっかく木内さんが考え直しそうだったのに、話がそれちゃったじゃないか！）

そうは思ったものの、緊張《きんちょう》した教室の空気が、ケンゴのおかげでゆるんで和《なご》やかな感じになったのには、ほっとした。

「そうだよ。ほめほめキャンペーン中なんだ！　ほめてほしい人は、どんどん話しかけてくれよな！」

やけになって大声でそう言った。

「じゃあ、ぼくをもっとほめてくれよ。」

ケンゴが自分の顔を指さした。するとイカルの口がすばやくカクカクと動き出して、ほめコトバを言い出した。

「ケンゴは、すぐおもしろいことを言って、みんなを笑わせるね。暗い気持ちになっててもケンゴと話したらすぐに元気になるよ！　ありがとう！」

「ぼくは？」

ハルキが横から割って入ってきた。

「ハルキは落ち着いてる。いっしょに遊んでても、さわぎすぎないし、もう休み時間は終わりだとか、ちゃんと教えてくれるし、ハルキがいると安心だ。ありがとう！」

するとく、ハルキが感激《かんげき》したように、こう言った。

「そんなふうに見ててくれたの？　ぼく、ほめられること、あんまりないし、うれしいよ。」

「ぼくもだよ！　イカルって、いいこと言う！」

おおよろこびするケンゴとハルキに、イカルは言った。

「いや、だって、本当にそう思ってることだし……。」

ぽろっと出たコトバは、ほめほめ口ではなかった。そこで、はっとした。

(ほめほめ口が勝手に言ったと思ったけど、ケンゴといて明るい気持ちになるのも、ハルキといたら安心するのも、ウソじゃない。口には出してなかったけど、本当に思ってたことだ。)

そして、木内さんに言ったことも思い出した。

(木内さんが、こまってる子の相談にのってるのを見て、えらいなって思ったことがある。だからみんなに信頼されるんだよなって、ケンゴと話したこともあった……。忘《わす》れてたけど。)

じゃあ、この「ほめほめ口」は、単《たん》なるおせじやごきげん取りのコトバじゃなくて、イカルの本心から出たコトバなんだろうか？　考えこみそうになったとき、

「ぼくもほめてくれよ。」

イカルの前に、大きな影《かげ》がのそっと立った。クラス一、体格《たいかく》がいい斉木《さいき》くんだった。ランドセルをしょってなければ、中学生に見える。

「う、うん、いいよ……。」

（さ、斉木くんって、怒らせたらめっちゃこわそう……。うまくほめられるかな。）

ふだん、あんまり話さない斉木くんだけど、でもほめるポイントはすぐに見つかった。

「斉木くんは、背《せ》が高くて、足がはやくて、走ってるすがたがカッコいい！　体育委員の仕事もサクサクこなして、たよりになる。」

（うん、そうそう！　ほめほめ口の言うとおりだ！）

「そこまでほめられたら、てれるなあ。」

斉木くんが、笑顔になったとたん。

「わたしも、みんなみたいにほめてほしい！」

「わたしも！」

いつのまにか、そばに集まっていた女の子たちが言い出した。

「いっぺんに言われちゃ、イカルもこまるよ。ほめられ希望《きぼう》の人は、順番《じゅんばん》にならんで。」

ハルキがなぜか、人の整理をし始めた。

「村上《むらかみ》さんは歌がうまくて声がきれいだ。コーラスのとき、聞きいっちゃった。」

「中野《なかの》さんは、植物の世話がめっちゃうまい。中野さんが園芸部《えんげいぶ》の部長になってから、花だんの花がいきいきしてるって、先生もほめてた。」

イカルがほめるたびに、言われた子たちはみんな、とてもうれしそうに笑った。

（このほめほめ口の術、なんて言ったっけ？「良所」の術？すっごくいい術かも！だって、ウソを言うわけじゃないし、言われたほうもみんなニコニコしてるし。）

――ぼく、ほめられること、あんまりないし、うれしいよ。

――うわあ、自信が出たよ。ありがとう!

――だれも、そんなとこ、見てくれてないって思ってたのに。

ほめられた子たちが、よろこんで言ったコトバだ。

(だれでも自分のいいところをほめてもらえたら、うれしいもんな!)

「羽多くん、ふざけてばっかりかと思ったら、みんなのことよく見てるんだね。」

「そうだよね。あんなに人のいいところをほめられるっていうのは、すごく優《やさ》しいのかも。」

「ほんと、意外。ダメダメ男子って決めつけすぎてたかな……。」

イカルの後ろから、そんな話し声が聞こえた。

「そうだぞー。イカルはすっごくいいやつなんだから。」

ケンゴも女の子にまじって、うれしそうに話している。

(あれ? いつのまにかぼくがみんなにほめられてるぞ。そうか。ほめたら、ほめられるんだな……って、あっ。)

思わず声が出そうになった。

（この術、やっぱりこれで合ってたんだ！　ほめほめ口で、みんなのいいところをいっぱい口に出して、そしたらみんなも、ぼくのいいところを認めてほめてくれる。「良所《よきところ》」をほめる、そういう術だったのか！）

イカルが、一人大きくうなずいたとき。

「……そうやって、みんなにおべっか言って、ごまかすの？」

イカルの横からするどい声がした。見ると、同じ班《はん》の女の子が、イカルのほうをにらみつけていた。

――だいたい羽多くん、そうじ当番をちゃんとやったことないです！　いつも、そうじのじゃまばっかかして！

昨日、そう言っていた保坂《ほさか》さんだ。

「ごまかすなんて、そんなつもりは……。」

「ウソ！　いつだって羽多くんはなにもまじめにやらないじゃない。そうじ当番だって、せっかくきれいにしたところを、羽多くんがさわいでよごすから、うちの班だけいつも時間内にそうじが終わらないいんだよ……。」

保坂さんの声がふるえ出した。今にも泣《な》きそうな顔つきだ。となりにいた東《ひがし》さんが保坂さんをはげますように、肩に手を回して言った。

「あのさ、羽多くん。保坂さん、班長だし、当番のたびに先生に『そうじが全部できてない。』って言われて。落ちこんじゃって、もう当番の日は学校来たくないって言ってたんだよ。」

(そんな……。)

ガーン！　まんがでよく見るその擬音《ぎおん》が、本当に聞こえた気がした。

頭を思い切りなぐられたような、気分だった。

(そこまで、同じ班のみんなをイヤな目にあわせてたなんて、知らなかった。)

保坂さんは涙《なみだ》ぐみ、東さんはさらに言いつのった。

「おもしろがって、わざと窓にぞうきんをぶつけたんじゃないの？　いつもそんな感じじゃない！　本当のこと言いなさいよ！」

「ぼ、ぼく、そんなつもりなかったんだ。」

ほめほめ口は出てこなかった。のどがきゅうっとせまくなり、声はかすれた。

「ただ、みんながおもしろがって、盛り上がるのが大好きで……。そんなにめいわくかけてたなんて、思ってなくて。」

言いながら、イカルは胸がしめつけられるような気持ちになった。

「保坂さんも東さんも、まじめだししっかりしてて、そうじも上手で。ぼくがやらなくても、きちんとしてくれるって。だからだいじょうぶだって思ってて。でも窓ガラスにぞうきんはぶつけてな……。」

「だいじょうぶじゃないよ！」

保坂さんがさけんだ。

「わたし班長なんかやりたくなかった！　木内さんみたいにしっかりしてないし、先生と話すのも苦手だし！　そうじも上手なんかじゃない！　わたしのこと決めつけないで！」

決めつけないで！

そのコトバが、ずきんと胸にささった。

（ぼくも、決めつけてたのか！）

自分だけが、決めつけられていると思って、すごく腹《はら》が立っていた。どうして自分だけがダメなやつだと思われて、話も聞いてもらえないんだと思っていた。

(でも、ぼくも保坂さんや東さんのことを、しっかりしててそうじ上手だし、まかせちゃっていいんだって、勝手に決めつけてたのかも。)

イカルがだまりこんだとき。

「わたしだって、そんなにしっかり者じゃないよ。」

木内さんが、ふいにぼそっとそう言った。

「みんなにも、先生にもなんでもまかされて、キツイときがあるよ。うっかりしてなにかしら忘れると『木内さんらしくないね。』とか言われるの、正直うんざり。」

これには、みんなおどろいて、木内さんを見た。

「わたしだって、決めつけてほしくない。保坂さんも東さんもそう。だけどそれ、羽多くんもだよね。」

「う、うん。そうなんだよ。」

イカルはうなずいた。

「わたし、今の話で気がついた。窓ガラスをこわしたのは羽多くんじゃないのかって、みんなの前で決めつけるようなことを言ったのは、クラス委員としても、よくなかった。もっと、ちゃんと話を聞くべきだった。羽多くんにもだけど、クラスの子、みんなに！　だって、羽多くんとぞうきんの話ばっかで、そのほかのことはだれにも聞いてないでしょ？　ほかに原因があったかも！」

木内さんが言うと、みんながざわめいた。

「ね、あのとき、窓のそばにいた人、なにか見なかった？　こうかもしれない、とか、きっとこうだっていうんじゃなくて、本当に見たことを言ってみようよ。そしたら、なにかわかるかもしれない。」

「……あのう。」

おずおずと手をあげたのは、いつも静かでおとなしい木崎《きざき》さんだった。

みんなにいっせいに注目されて、木崎さんは顔をこわばらせながら、かぼそい声で言った。

「わたしあのとき教卓《きょうたく》の近くにいて……。飛んできたぞうきんを拾ったの。」

「え、ぼくのなげたぞうきん、教卓のとこに落ちてたの？」

昨日、イカルがなげたぞうきんは、どこに行ったのか見つからなかったのだ。

「わたし、そのぞうきんを片《かた》づけて、教室にもどってきたら、窓のことでおおさわぎになってて。こわくて……そのことを言い出せなくなってしまって……。」

「教卓のほうに飛んでたんだったら、窓にあたるはずがないわね。」

木内さんが、うーむと、腕組《うでぐ》みして言った。

「じゃあ、やっぱりイカルのせいじゃないじゃん！」

ケンゴが勝ったような顔つきで言いはなった。

「そんなの！　ぞうきんがあたってなくても、羽多くんの肩とか頭が窓にぶつかったかもしれないじゃない。あんなに窓の近くにいたんだもの！」

保坂さんが、すかさず言い返した。

「ほら、それ、決めつけだ！」

ハルキが言うと、

「そういう可能性《かのうせい》があるってことでしょ！　これも決めつけなの⁉」

東さんもくい下がった。

教室中が騒然《そうぜん》となったそのとき。

「みなさん！　休み時間は終わってますよ！」

いつのまにか教壇《きょうだん》に立っていた大井田先生が、ぱんと手を打った。

「今のお話を聞いて、先生も反省《はんせい》しました。みんなの話をちゃんと聞かないままにしていたのは、先生もまちがってたわ。それでどうかな？　今日の午後の学級会、このことを議題《ぎだい》にして、みんなで話し合うっていうのは？」

「賛成《さんせい》！」

一番にそう言ったのは木内さんだった。続けてケンゴとハルキが手をあげて、「賛成！」とさけんだ。保坂さんと東さんも負けずに「賛成！」と言い、ほかのみんなも、全員賛成だと言った。イカルももちろん賛成だった。


そして。

学校からイカルは、スッキリした気持ちで家に帰った。

――イカル、疑《うたが》いが晴れてよかったな。

――本当だよ！　これで明日から、思い切り遊べるよな。

――うん！　ま、一応そうじ当番をちゃんとやってからだけどな！

――それと、遊ぶときは窓からうんとはなれてな！

別《わか》れ際《ぎわ》に、ケンゴとハルキとそう言って、笑い合った。

五時間目の学級会は、大井田先生立ち会いのもと、木内さんが司会となって、一人ずつ昨日のそうじの時間に気がついたことを話した。

そうしたら、いろんなことがわかってきた。

ろうか側の窓も開いていて、すごく強い風がふきこんできていたこと。

窓にカンッとなにかかたいものが、ぶつかる音が聞こえたこと。

つくえに立てかけてあったモップが風でたおれたのを見たという子が現れて、モップの柄《え》を調べてみたら、今までになかった傷《きず》がついていたこと。

モップが窓にぶつかった瞬間を見た子がいなかったのは、風にあおられたカーテンにかくれたそのときに、窓にひびが入ったからだということも、はっきりした。

それで、先生もみんなも、イカルを犯人《はんにん》だと決めつけ、話を聞かなかったことをあやまった。

イカルも、そうじ当番をちゃんとしなかったことをみんなにあやまった。

そして先生とクラスの子みんなで、「決めつけないようにしよう！」とちかい合った。


「ただいまー。」

鍵《かぎ》を開けて、家に入ったらママがキッチンからイカルを手招《てまね》きした。

「イカル、ちょっと。」

ママが、小声で言った。

「エルナが元気ないの。しょんぼりしちゃって。」

「風邪《かぜ》ひいたのかな？」

「ううん、熱《ねつ》もないしせきもしてないし……。なにかイヤなことがあって、なやんでるみたい。エルナの話を聞いてやってくれない？」

「ぼくが？」

「だって、エルナ、ママやパパに言わないことでも、イカルには言うでしょ。」

そう言われて、フーンと思った。

（エルナがときどき大人に言わないような本心をぼくだけには言うの、ママ、知ってたんだ。）

イカルは手をあらってから、リビングのすみっこで、ひざをかかえているエルナの前にしゃがみこんだ。

「エルナ、どうした。元気ないぞ。」

エルナがうつむいたまま、口をもごもご動かした。

「……のこと、……ごめん。」

「ん？　聞こえないよ。」

耳をよせると、いきなりエルナがさけんだ。

「お菓子のこと、お兄ちゃんのせいになっちゃってごめんなさい！」

「わっ！　声でかすぎっ！」

イカルがのけぞった。

「エルナすっぱいのキライってお菓子残したら、シズカ伯母さんがっかりするでしょ。おいしくなかったのかなって思うかも。それで本当のこと、伯母さんの前で言えなくて……、お兄ちゃん、ママに怒られてたのに……。ごめんなさい。」

エルナは言いたいことを言い終えると、胸をおさえ、はあっと肩を落とした。

（エルナ、そんなことを言いたくて、なやんでたのか……。）

「そんなこと、お兄ちゃんぜんぜん気にしてないよ。」

じっさい、昨日はかなりムカついてたけど、今はもうすっかり忘れていたのだ。

「本当に？」

「本当だよ。」

「じゃ、エルナのこと、キライにならない？」

「ならないよ。」

「やったー！」

エルナが腕をふり上げて、そのこぶしがイカルのおなかに、ぽこんとあたった。

「いたた！」

ぜんぜんいたくなかったけど、わざとおおげさにそう言ったとき。ふわっと、なにか白いものがイカルの胸から飛び出てきた。

それは字だった。「良」と「所」の二文字が、やわらかく身をくねらせながらイカルの部屋の天井《てんじょう》に向かっていった。あっけにとられて見ていると。

「あの白い、キラキラしたの、なに？」

きょとんとした顔で、エルナも同じところを目で追っていた。

「エルナ、あれ、見えるの？」

「うん……、あ、消えちゃった！」

「……消えたなあ。」

(術が完全に解けたのかも？　じゃあほめほめ口はもう、出ないのかな。)

イカルはためしてみることにした。

「エルナは、かわいいなー。めっちゃかわいいぞ。それに優しいな。お菓子を食べ残したら伯母さんががっかりするかも、なんてお兄ちゃんには気がつかなかった。」

次々にほめコトバが、口から出てきた。エルナがきょとんと、ほめまくるイカルを見上げた。

「なんで、エルナのこと、そんなにほめるの？」

「うん、ほめほめキャンペーン、絶賛開催中だからな！　エルナは思いやりがあるし、かしこい！　お手伝《てつだ》いもちゃんとするしサイコーのいい妹だ！」

きゃあっとエルナがはじけるように笑い出した。

「それから、それから？」

（なんだ、ほめほめ口の術が消えても、いくらでもほめられるぞ。）

イカルはエルナの前にすとんと腰《こし》を下ろして、エルナのいいところを、どんどん言い続けた。


「なんとかうまくいきましたね。」

バーコードの読み取り部分がついている頭を、バダさんはうれしそうにふった。

バダさんとならんで、モニターの中の二人……おたがいのいいところを夢中《むちゅう》になって言い合っては、大笑いしているイカルとエルナをながめて、ヨウヒも満足《まんぞく》げに、うなずいた。

「『良所』のコトバは、ただほめたら相手がほめ返してくれる、そういうものではありません。相手が心から、そう言われたかったことを言うからこそ、相手もほめてくれる術なのです。ちょっと使いこなすのがむずかしい術ではありましたが、イカルさんはちゃんとできていましたね。」

「イカルさんが、ふだんから相手のいいところをよく見ている人だったから、うまくいったんでしょうね。ヨウヒさんは、依頼者《いらいしゃ》にぴったり合った術を見つけるのが、本当に上手ですね！　さすが最年少で一級コトバ使いになった方だ、すばらしいです。」

ほめちぎるバダさんに、ヨウヒはくすぐったいような顔で、何度もまばたきした。

「ほめほめ口のまねは、よしてください。バダさんには、術はかからないはずですよね？」

「あははは。いや、本当に思ったことを言っただけですよ。ヨウヒさんは、ほめられるのが苦手ですね……。ああ、それはそうと、この前棚に出した五冊の樹本、よくかりられていますよ。」

するとヨウヒは、おや、とバダさんのほうに顔を向けた。

「本当ですか?」

「ええ、『心従《こころしたがう》』『只写《ただうつす》』『虚忘《うつろはわすれる》』の巻《かん》は、人に好かれたいと願う人間の気持ちがよくわかると人気ですし、『壁無《かべがなくなる》』は人間と人間以外に通じるコトバについて書かれているのが話題になってます。『書直《かきただす》』は書き文字関係の読者さんによろこばれてますよ。」

それを聞いたヨウヒは、うんうんとうなずいた。

「それはうれしいです。どれもいい案件《あんけん》ですからね。」

「きっとこの『良所』の件も、いい樹本になるでしょう。」

「そうですね。では、この『良所』のデータを本の樹に送ってしまいますね。」

そう言って、ヨウヒはキーボードのエンターキーを、タン! とたたいた。

「『良所』の案件、これで終了《しゅうりょう》。」

ヨウヒはカウンターから出て、本の樹のほうに歩いていった。

本の樹には、ごく小さな本から、あと少しで収穫《しゅうかく》できそうに育った本まで、いろいろな本が実っている。

その中の一冊……『顔書《かおにかく》』の巻にヨウヒはそっと手をのばし、中のページを何枚《なんまい》かめくってみた。

「ページがかたくてめくりにくいな。あと少し、熟《じゅく》すのを待ちましょうか……。」

ヨウヒはつぶやいた。ほかの本もまだ、収穫には早い。

それからぶらぶら散歩《さんぽ》するような足取りで、本棚のほうに向かった。

樹本図書館の本棚にならんだ本は、ほとんどは貸し出し用、使ったコトバの術がタイトルの「人間とコトバにまつわる話」がその内容《ないよう》の、本の樹で実った本だ。みんな常緑樹《じょうりょくじゅ》のように青々とした、緑系《みどりけい》の色の表紙をしている。

だが、カウンターから遠い位置《いち》の本棚には、おもに赤っぽい色の本がならんでいる。こちらは、人間の世界に派遣《はけん》する特殊《とくしゅ》な本だ。タイトルもみんな同じ、『なんとかなる本』。その棚の一冊を手に取って、おや？　とヨウヒは首をかしげた。

「どうしてこんなに、いたんでるんだろう。そんなに古くない本なのに。」

表紙の文字のはしが、がりがりとけずり取られたみたいに欠《か》けている。それにページのはしも、やぶれかけている。

「あ、これは中のページがよごされてる。わ、こっちはページが折《お》れてる！」

次々に見つかる、『なんとかなる本』の破損《はそん》や汚損《おそん》に、ヨウヒは顔を曇《くも》らせた。

（こんなにいっぺんに本がいたむのは、おかしい。ぐうぜんに、こうはならない。ぐうぜんでないとしたら、これをやった者がいるということ？）

「まさか……。」

ヨウヒは、一瞬頭にうかんだその顔を、急いでふりはらった。

「ヨウヒさん！　お茶にしましょうよ！」

バダさんがカウンターの向こうから、声をかけてきた。

「はい、そうしましょう！」

ヨウヒは、バダさんにそう返事して、立ち上がった。

葉飛《ヨウヒ》の樹《き》本《ほん》図書館日誌《にっし》

今日も人間の子どもの相談が続《つづ》く。

やっぱりどの子も、コトバの持つ力……、こわさもすばらしさもまったくわかっていなくて、「コトバの力をかりれば、たいていのことはなんとかなります。」と言うと、おどろいたり、疑《うたが》ったりする。

でも、子どものうちに、コトバの持つ力を知り、その使い方を学ぶのはとても大事なことだ。大人になってからでは、学ぶのに時間がかかり、いい結果《けっか》もなかなか出ない。

コトバを支《ささ》える世界のわたしたち……樹本図書館関係者《かんけいしゃ》も利用者《りようしゃ》も、コトバをうまく使って、人間世界に役立ててほしいと願《ねが》っている。

人間がコトバといっしょにうまく生きていけるように、わたしも日々、いい樹本作りに努力《どりょく》していこうと思う。

☆注意報告《ほうこく》☆『なんとかなる本』（赤系《あかけい》）の不自然《ふしぜん》な破損《はそん》や汚損《おそん》がいくつか見つかった。原因《げんいん》は今のところ、不明。

著／**令丈ヒロ子**（れいじょう・ひろこ）

大阪市生まれ。講談社児童文学新人賞に応募した作品で注目され、作家デビュー。「若おかみは小学生！」シリーズ（講談社）は2018年にテレビアニメ化、劇場版アニメ化された。『病院図書館の青と空』（講談社）で、第39回うつのみやこども賞受賞。そのほかのおもな作品に『パンプキン！　模擬原爆の夏』『長浜高校水族館部！』『よみがえれ、マンモス！　近畿大学マンモス復活プロジェクト』（以上、講談社）、「妖怪コンビニ」シリーズ（あすなろ書房）などがある。嵯峨美術大学、成安造形大学客員教授。

絵／**浮雲宇一**（うくも・ういち）

書籍の装画を中心に活躍中のイラストレーター。児童書の挿画の作品に「虹いろ図書館」シリーズ（河出書房新社）、「図書室の怪談」シリーズ（ポプラ社）ほか。作品集に『白昼夢　浮雲宇一作品集』（パイ インターナショナル）がある。

装丁……………大岡喜直（next door design）

なんとかなる本《ほん》

樹《き》本《ほん》図《と》書《しょ》館《かん》のコトバ使《つか》い②

2024年4月8日　第1刷発行

著……令丈《れいじょう》ヒロ子《こ》
絵……浮雲《うくも》宇一《ういち》
発行者……森田浩章
発行所……株式会社　講談社
〒112-8001　東京都文京区音羽2-12-21
電話　編集　03-5395-3536
販売　03-5395-3625
業務　03-5395-3615
カバー・表紙印刷……共同印刷株式会社
本文印刷……株式会社KPSプロダクツ
製本所……大口製本印刷株式会社
本文データ制作……講談社デジタル製作

＊この本は、書き下ろしです。

N.D.C.913　191p　20cm

ISBN978-4-06-535090-4

KODANSHA